KB253290

행복을 열어주는 마스터키

행복을 열어주는 마스터키

행복을 열어주는 마스터키

초판　1쇄 : 2011년 5월 15일
개정판 1쇄 : 2014년 9월 11일

지은이 : 김용화
펴낸이 : 채주희
펴낸곳 : 해피＆북스

등　록 : 제10-1562호(1985.10.29)
주　소 : 서울특별시 마포구 신수동 448-6
전　화 : 02-323-4060, 322-4477
팩　스 : 02-323-6416
메　일 : elman1985@hanmail.net

마게팅 : 김연범(010-3767-5616)
마케팅지원 : 정수복

행복을 열어주는 마스터키

김용화 지음

해피&북스

마음의 힘!

　행복해 보이는 사람, 만사형통인 사람을 보면 부럽다는 생각이 저절로 들지만 마음 한구석으로는 상대보다 못한 자신의 모습이 한심스럽게 느껴져 오히려 상대방을 미워하는 마음이 생긴다.

　이렇게 자신도 모르는 사이 마음은 혼란스러워지고 정신을 차리고 보면 더 이상 어떻게도 못할 정도로 심각한 상황에 놓여있는 자신을 발견하고는 당황한다. 이것이 바로 사람의 본심이 아닐까 생각한다.

　바꾸어 말하면 나보다 우수한 사람을 보고도 부럽다거나 분하다거나 얄밉다는 마음이 눈곱만큼도 생기지 않는 마음의 경지에 이르기 위해서는 어떤 힘이 필요하다.

　나는 이 힘을 '떠나보내는 마음'이라고 말하고 싶다.

　얄밉다, 얼울하다, 부럽다고 느끼는 마음.

　이런 마음만 없으면 인간은 생각보다 더 행복하게 살아갈 수

있지 않을까, 라고 생각한다.

이런 마음 때문에 우리는 가끔 혼란스럽고 짜증을 내며 스트레스를 받기도 한다. 나아가 아득한 잠에 빠져들지 못하고 식욕을 잃기도 한다. 또한 혈압을 올리고 마음속에 부담을 주며 건강의 원천인 에너지를 빼앗겨 결과적으로 여러 가지 병에 걸리기도 한다.

인간관계도 마찬가지다. 직장과 친구, 또는 이웃과의 인간관계에서 답답함을 느끼면서 살고 있는 사람도 많다.

당신은 남에게 너무 신경 쓰고 있지는 않은가. 세세한 배려와 친절함은 미덕이기도 하지만 남에게 너무 잘해야 한다는 생각이 인간관계를 번거롭고 귀찮고 답답한 것으로 만들 수 있다.

이런 생각이 들 때 우리는 아는 사람이 없는 곳으로 떠나고 싶다는 행방불명에 대한 소망을 낳는다.

자신을 위해서 가능하면 빨리 이러한 마음들과 작렬하는 방

법을 터득하는 것이 좋다. 말은 쉬워도 좀처럼 떠나보낼 수 없는 것이 마음이다.

우리 인간의 마음을 어지럽히는 생각을 떠나보내는 마음의 힘!

우리 인간의 마음을 혼란으로 요동치게 만드는 것을 떠나보내는 마음의 힘!

이것은 반대로 마음을 평안하게 하고 건강하게 살아가도록 만들어 주는 힘이기도 하다.

또한 남에게 휘둘리는 삶에 마침표를 찍고 자기 나름대로 개성 있는 삶과 멋진 인생을 설계하도록 도와주는 힘이기도 하다.

어깨에 힘을 빼고 긍정적으로 살아가는 마음, 남과 더불어 잘 살아가고자 하는 마음이라고도 할 수 있다.

또한 착각과 선입견을 버리고 융통성 있게 살아가려는 마음이기도 하다.

예컨대 사람을 행복하게 만드는 것은 마음의 힘인 것이다.

돈을 많이 벌고 높은 지위를 얻고, 세상의 명예를 손에 쥐는 것처럼 '행복이란 자신이 스스로 소유하는 것'이라고 생각한다.

그러나 진정한 행복은 이런 것과는 차원이 다르다고 본다.

어쩌면 풍요한 삶 속에서 행복한 것보다도 지금 당신이 가지고 있는 것 중에서 불필요한 것을 버리고 나서 찾아오는 행복이 진정으로 큰 행복이 아닐까. 마음을 비우고, 버리고, 떠나보내고 하다 보면 당신이 생각지도 못한 무언가가 우연치도 않게 찾아오는 행복이 당신의 인생 앞에 당당히 서 있을 것이다.

목차

2장. 좋은 인생

3장. 마음을 가볍게

8장. 자신감

긍정적인 나

웃으면서 끈기를 키워라

서투른 포수도 여러 번 총을 쏘면 몇 개는 맞춘다.'

이 말에서는 실패에 기죽지 않는 마음의 힘이 느껴진다. 게다가 묘하게도 즐거운 듯한 느낌마저 든다. 그래서 나는 이 말을 좋아한다.

언제나 최선을 다하는 사람들은 몇 번이고 실패와 좌절 속에서 일어서지 못할 정도가 되었다 하더라도 환하게 웃으며 오뚝이처럼 다시 일어나 목표를 향해 노력한 것을 이루어 낼 수 있다. 이 말이 떠오를 때는 7전 8기의 신념을 가진 사람이 머릿속에 그려진다.

발명왕 토머스 에디슨을 서투른 포수라 부르기는 뭣하지만,

사실 에디슨은 실패대왕이기도 했다.

백열전구의 필라멘트를 만드는 데는 일본산 대나무가 가장 적합했다. 에디슨은 이 사실을 발견하기까지 무려 6천 종류가 넘는 재료로 실험을 했다고 한다. 무려 6천 번 실패를 하고 6천 번 좌절을 했으니 과연 에디슨은 완벽한 실패대왕인데다가 서투른 포수라 할만하다.

그러나 에디슨은 끝까지 포기하지 않았다. 바로 이것이 에디슨을 실패대왕이라고 말할 수 없는 증거이다.

확실히 에디슨은 억척스럽고 끈기가 있으며 정신력이 강한 사람이지만, 어쩜 그렇게 낙천적이었을까.

한 번 실패했다고 해서 일일이 신경 쓰고 괴로워했다면 '일본산 대나무'가 필라멘트의 재료라는 사실을 발견할 수 없었을 것이다.

어쩌면 우리 생각과는 다르게 에디슨은 실패와 좌절을 즐기고 있었던 것은 아닐까.

가장 중요한 것은 사사건건 신경 쓰지 않았다는 사실이다.

끈기란 시련을 견뎌내는 힘에서 오는 것은 아니다. 다른 사람은 시련이라고 생각하더라도 "저는 전혀 신경 안 써요. 힘들다는 생각도 안 들어요"라고 씩씩하게 말할 수 있는 사람이 진짜 억척스럽고 끈기 있는 사람이다.

이와 동시에 빨리 포기하는 판단력이 필요하다. 그것도 가능한 빨리 말이다.

어쨌든 머리에 반짝하고 생각이 떠오르면 한 번 시도해 보고 아니라는 생각이 들면 바로 포기하라.

이러한 생각을 여러 번 반복하고 몇 번이고 되풀이해서 맞추려고 노력했기 때문에 에디슨은 짧은 시간 동안 6천 번이라는 시행착오를 반복할 수 있었다.

성공과 끈기의 비결은 바로 '무신경'과 '포기'이다. 실패로 인해 받은 충격을 '포기'라는 비밀 병기로 깨끗하게 지우고 '무신경'하게 싱글벙글 웃으면서 다시 도전하면 안 될 것이 없다.

나를 위해 빨리 포기하고, 무신경 해져라.

고난이 목표를 앞당긴다

마츠시타 코노스케(마츠시타 전기 창업자)씨는 자신의 성공 비결에 대해 다음과 같이 3가지를 말한다.

'가난한 집에 태어난 것'

'진학할 수 없었던 것'

'태어날 때부터 몸이 약했던 것'

열등한 조건을 이렇게 멋지게 갖출 수도 없을 것이다. 젊은 사람이라면 누구나 품었을 수많은 희망을 앞에 놓고 젊은 마츠시타는 얼마나 많이 포기해야 했을까.

그 많은 희망을 포기한 끝에 결국 자신의 가슴에 재계 일인자가 되겠다는 희망만이 유일하게 남았다. 마츠시타 씨의 헝그리

정신은 이렇게 해서 생겨났다.

헝그리 정신의 저변에는 '포기'가 있었다.

'내게는 이것뿐이야, 더 이상 아무것도 없어, 절대로 놓칠 수 없어'라며 필사적으로 들러붙어 안 떨어지는 것, 이것이 바로 헝그리 정신의 시체이다. '내게는 이것뿐이다'는 생각으로 살아가는 사람에게는 강력한 힘이 있다. 여기저기 신경 쓸 겨를조차 없으며 일편단심 앞만 보고 목표를 향해 앞으로 뻗어나가는 저력 말이다.

요즘 부모들은 아이를 위해서 뭐든지 다 해준다. 아이가 음악에 조금이라도 관심을 보이면 바로 피아노를 사고 성적이 좀 더 오르면 좋겠다며 마음대로 교재를 사다 주곤 한다. '유명한 피아니스트가 되어라', '고시에 합격해서 출세해야지' 등 아이들을 부추기느라 정신이 없다.

아이들이 이처럼 넘쳐나는 풍요로움 속에 안주하기 때문에 헝그리 정신은 슬금슬금 자취를 감춘다.

옛날 부모들은 아이들에게 '포기'가 무엇인지 가르쳐 주었다.

아이가 "저, 가수가 되어서 아이돌 스타가 되고 싶어요"라고 말하면 더 들어보지도 않고 "안 돼"라고 딱 잘라서 퇴짜를 놓았다.

그러나 이 말 한 마디는 반발심이라는 불에 기름을 붓는 격으로 아이들이 '꼭 하고 말겠어'라는 마음을 갖도록 만들었다.

머릿속에 희망사항이 뷔페처럼 차려져 있다고 해서 다 맛보려고 하지 말자. 먹고 싶다고 이것저것 다 맛보면 결국엔 배만 부를 뿐 뭐가 먹고 싶었는지, 무엇을 먹었는지 모른다.

이것은 잉크 한 방울을 물에 떨어뜨리면 잉크가 물에 퍼져 보이지 않게 되는 것과 같은 이치다. 젊었을 때 많이 경험해 봐야지 하다가 제대로 하는 것 하나 없이 허송세월 보내다 나이만 먹은 사람들이 흔한 세상이다.

"내게는 오직 이 하나 뿐이야"라고 말할 수 있는 여러분만의 유일무이(唯一無二)는 무엇인가?

지금 나의 유일무이를 위해 달려보는 것도 행복하겠다.

스케줄을 규칙적으로 관리하라

"참 열심히 글을 쓰시네요. 부지런도 하세요."

이런 말을 들으면 기분이 좋아진다.

사실, 나는 갑자기 무언가 머릿속에 떠오르면 바로 메모를 하는 버릇이 있다. 이 버릇의 최대 희생양이 바로 내 수첩이다.

'이건 메모 해 두자'는 생각이 드는 순간, 수첩은 제일 빨리, 민첩하게 꺼낼 수 있어 무척 편리하다.

수첩 속에는 온갖 잡다한 내용들이 기록되어 있다. 예를 들면 누군가에게서 들은 재미있는 이야기, 신문에 나왔던 여론조사 수치, 잊어 버릴까봐 적어 둔 일들, 이번에 누구를 만나면 꼭 써먹어 봐야지 하고 만들어 놓은 유머 시리즈, 사람 이름, 원고 집

필에 쓸 만한 소재 등등 깨알 같은 글씨가 빽빽하게 기록되어 있어서 어떨 때는 수첩을 이렇게 혹사시켜도 괜찮은가 하는 마음마저 든다.

스케줄 관리는 어떻게 해야 하는가?

스케줄 관리를 잘 하는 요령은 바로 '지우는 방법'이다.

메모하는 습관 덕분에 내 스케줄 표는 거의 1년 뒤까지 빼곡히 차있지만 잘 생각해 보면, 해도 그만, 안 해도 그만인 일이 꽤 많다.

나는 스케줄 표를 정기적으로 점검하면서 하나씩 지워가는 일을 하고 있다.

TV드라마에서 큰 회사 사장이 비서에게 "오늘 일정 모두 취소해줘"라고 말하는 장면을 보면서 '역시, 사장도 스케줄을 취소하는 구나'하고 공감하는 부분이다.

사람의 하루하루 일정이란 대부분 취소해도 되는 수준이다.

다시 말해, 취소하려고만 하면 그렇게 해도 별 문제가 없으며 그다지 중요하지 않는 스케줄도 많다는 이야기다.

내가 말하는 스케줄 관리를 잘하는 요령이란 예정된 일을 어떻게 잘 처리해 나가느냐가 아니라 예정된 일 중에서도 해도 그만 안 해도 그만인 일들을 어떻게 분류해서 지워나가는가이다.

사실, 다른 사람과 약속한 일을 간단히 취소하면 신용을 잃는다.

경우에 따라서는 다른 사람에게 원한을 살 수도 있으므로 조심해야 하지만 개인적인 용건이라면 지워버려도 괜찮은 일이 꽤 많다.

지워도 상관없는 일이라면 과감히 지우고 중요한 용건만을 확실하게 해나가는 자세가 스케줄 관리의 요령이다.

특히 매우 바쁘다면, 전부 다 하려고 하기보다는 나의 수첩에 취소해도 될 스케줄에 과감히 두 줄을 그어보자.

지워도 상관없는 일이라면 과감히 지우고 중요한 용건만을 확실하게 해나가는 자세가 스케줄 관리의 요령이 아닐까. 특히 매우 바쁘다면, 전부 다하려고 하기보다는 '다 어떻게 해. 이건 포기!'라고 먼저 생각하는 것이 어떨까?

삶의 질을 항상 생각하라

　남들보다 돈도 많고 넓은 집에 산다는 것, 이것은 행복과 비례하는 것만은 아니다.

　내 주변에 이런 사람이 있다. 그는 돈이라면 아쉽지 않을 정도로 펑펑 써도 전혀 줄지 않을 만큼 많고 정원도 굉장히 넓은 집에 살고 있지만 '나는 세계에서 제일 불행해'라는 말을 입에 달고 사는 사람을 본다.

　또는 역 플랫폼에서 먼저 가려고 쏜살같이 달려가는 사람을 자주 본다.

　출발시간에 늦을 것 같아서……? 아니다. 아직 충분한 여유가 있다. 자유석이라서 좌석 쟁탈전에 이기려고? 그것도 아니다.

분명 지정석 티켓을 가지고 있는데 왜 그럴까?

자신보다 앞서 달리는 사람을 보면 '내가 뒤처지면 안 돼. 내가 먼저 가야 해'라는 마음을 발이 먼저 알아차리고 무의식적으로 뛰기 시작한다.

가령, '질보다 양'인 사람은 이런 사람이다. 언제나 다른 사람이 무엇을 하고 있는지 신경이 쓰여 가만히 있지 못하며 남보다 무엇이든 잘하고 싶다는 생각뿐이다.

그래서 아직 출발하려면 시간이 많이 남았다는 사실도, 지정석 티켓을 가지고 있는 사실도 잊고 혼자서 무심코 서두르는 것이다.

마치 남에게 휘둘려서 아득바득 살고 있는 듯이 보인다.

역시 삶은 양보다는 질이다. 질을 소중히 생각하는 사람은 나름대로 충실하게 살아가는 방법을 몸소 실현하고 있다.

정시에 일을 끝내고 잔업을 하지 않고 집에 돌아간다. 이런 생활은 매일 집중해서 고품질의 일을 하고 있다는 증거가 아닐까. 가족과 함께 보내는 시간을 무엇보다도 가치 있게 생각하는 사람이기도 하다.

'양보다는 질'이란 바꾸어 말하면 '남은 남이고 나는 나다. 무슨 일이 있어도 내 스타일대로 살 거다'라는 의미이다. 이런 마음가짐으로 생활하면 자신이 생각하는 자신만의 '행복'을 누릴 수 있다.

‘질보다 양’인 사람은 언제나 남과 비교해서 ‘나는 어떻지?’라는 생각을 한다.

남보다 잘 돼야 한다는 강박관념에 사로잡혀 스스로를 고통 속으로 몰아넣는 사람도 있다.

이기고 지는 것, 하나하나에 큰 의미를 두고 안절부절 못해 짜증을 낸다.

‘양보다는 질’인 사람은 남과 비교해서 자신을 못살게 구는 일이 얼마나 무의미한지, 남과 비교하는 일이 자신의 인생과 행복에는 아무 연관이 없다는 사실을 너무나도 잘 알고 있다.

그렇기 때문에 신명나고 기분 좋은 자신만의 발걸음을 차분히 옮겨놓는 것이다.

‘양보다는 질’이란 바꾸어 말하면 ‘남은 남이고 나는 나다. 무슨 일이 있어도 내 스타일대로 살 거다’라는 의미이다. 이런 마음가짐으로 생활하면 자신이 생각하는 자신만의 ‘행복’을 누릴 수 있다.

작은 것에서부터 만족을 배워라

　결정을 내리지 못한 채 헤매이지 마라. 결정을 내리기 전에 어떤 사람은 3일, 아니 하루만 시간을 달라고 말한다. 또 어떤 사람은 10분, 아니 5분 만이라도 시간을 달라고 할 것이다. 어차피 정해진 시간이 되면 얼른 결정해서 한 발 앞으로 내디더야한다.

　극단적으로 말하면, 동전던지기로 결정해도 좋고 누군가와 가위 바위 보로 결정해도 좋다. 그렇게 하면 인생이 더욱 재미있어진다.

　언제까지나 '어떻게 하지? 이렇게 할까?'라고 생각하고 늘 같은 곳에 머물러 있으면 아무런 변화가 없다. 사람은 움직여야만 비로소 무언가를 시작할 수 있다.

항상 고민하고 있다면 이미 큰 욕심쟁이가 되었다는 증거다.

‘이쪽이 재미있을 것 같아…… 그러나 남에게 자랑할 수 있는 정도는 아니야. 그렇다면 저쪽이 좋은가…… 하지만 재미도 없는데 참으면서 하는 것은 좀 싫은데. 그렇다면 역시 이쪽이 좋은가…… 좀 더 재미있으면서 다른 사람에게 자랑도 할 수 있고, 또 돈벌이도 되는 그런 것, 제3의 선택은 없을까. 그걸 찾을 때까지 기다리는 것이 어쩌면 나한테 득이 될지도 몰라…….’ 이렇게 생각이 깊어질수록 나아갈 길을 찾지 못하고 제 자리에서 머무르는 경우가 많다.

자기가 원하는 모든 조건을 다 갖추고 자신에게만 유리한 선택이란 것은 이 세상에는 존재하지 않는다. 이런 것을 두고 ‘생떼부리기’라고 한다.

만약 이럴까 저럴까 고민만 하다 결국 아무런 득도 안 된다는 것을 깨달았다고 좋아할 일이 아니다. 그러는 사이 시간은 이미 지나가 버렸다. 자신에게 주어진 인생의 시간을 낭비한 셈이다.

제자리에서 빙빙 도는 사람에게 전하고 싶은 말이 있다.

바로, ‘소욕지족(少慾知足)’이다. 즉, ‘적은 것으로 만족할 줄 알아야 한다. 그래야 넉넉해진다.’ 핵심은 ‘욕심쟁이가 되지 마라’이다.

이것저것 욕심을 부리다간 결국 갈팡질팡 할뿐 아무런 결과를 얻을 수 없다. 하지만 작은 행복을 느낄 수 있다면 '이것만'이라도 좋지 않을까. '이것만'으로도 충분히 만족할 수 있다.

소욕지족 하는 사람은 우왕좌왕 헤매지도 않는다. 지금 당신이 우왕좌왕, 갈팡질팡하고 있다면, 당신을 바로 '만족을 모르는 욕심쟁이'라 부르고 싶다. 결국에는 한 곳에서 빙빙 돌고 있을 뿐 '좀 더 좀 더!'라고 입으로만 외치고 있는 자신을 발견할 것이다.

지금 당치도 않는 욕심이 당신의 인생에 브레이크를 걸고 있다면 욕심을 조금 줄이고 "이 정도로도 충분해"라고 생각한다면 한걸음 앞으로 내디딜 수 있을 것이다. 나의 '앞으로 내민 한걸음'이 더 넓은 인생을 펼칠 것이다.

'소욕지족(少慾知足)'이다. 즉, '적은 것으로 만족할 줄 알아야 한다. 그래야 넉넉해진다.' 핵심은 '욕심쟁이가 되지 마라'이다.

세익스피어는 "지나간 불행을 슬퍼하는 것은 더 큰 불행을 부르는 지름길이다"라고 말했다.

정말 말 그대로이다.

알고는 있지만 추억은 그리 간단히 버릴 수가 없다. 누구에게나 과거에 대한 회한과 미련은 현재에 대한 불만을 표출하는 방법 중 하나이다. 현재에 불만이 있다면 예전의 싫었던 기억도 계속 따라다닌다.

한 여성이 과거에 사귀었던 남성을 잊을 수가 없었다. 각자 결혼해서 아이까지 있는 데 이제 와서 새삼스레 어떻게 할 수 있는

관계도 아니지만, 이불 속에 누워 있으면 밤마다 옛 애인의 얼굴이 자꾸 떠올라 제대로 잘 수 없었다고 한다. 그 때문에 정신적으로도 육체적으로도 건강이 안 좋아졌다.

그러나 이 여성의 마음속에는 옛 연인에 대한 미련만 있는 것이 아니었다. 지금 남편에 대한 불만이 점점 커져가고 있었다. 정말 이혼하고 싶지만 아이가 있어서 할 수 없다고 한다.

남편과의 갈등이 옛 연인에 대한 미련이라는 형태로 나타나 '그때 그 사람과 결혼했다면 지금보다는 행복했을 텐데……'라는 생각의 노예가 되어버리기 쉽다.

또 한편으로 나이도 먹고 어른이 되어서까지 부모를 원망하는 사람들도 많다.

고등학교를 졸업하고 사회에 진출해 하고 싶은 일이 있어서 대학에 가지 않고 바로 그 분야에 뛰어들고 싶었지만 부모에게 이끌려 억지로 대학에 입학하게 되었다고 한다. 그 때 그 일을 서른이 넘어서까지 입버릇처럼 '그때 부모님이……'하고 부모를 원망한다.

이런 사람은 분명 지금 하고 있는 일이나 인생이 재미없을 것이다. 정열을 쏟으며 정신없이 몰두 할 수 있는 것을 찾지 못해 하루하루가 욕구불만으로 가득 차 있는 일상을 보내고 있을 것이다.

여러분들은 지금 잘 풀리지 않는 것에 원인을 살펴보라. 내 안에 원인이 있는 것이 분명한데, 인정하고 싶지 않기 때문에 지나간 일에 대한 미련과 부모의 책임으로 떠넘기고 있지 않은가. 지금 불행한 것은 과거에 집착하고 질질 끌려 다니고 있는 당신의 생각 때문이다. 그렇다면 과감하게 버려라. 과거의 일에 더 이상 연연하지 마라. 그것보다 소중한 것은 지금 무엇을 하고 어떻게 해나가야 하는지에 정신을 몰두하라. 이것이 행복을 부르는 초대장이자 전보이다.

지금 잘 풀리지 않는 것에 대한 원인을 살펴보라. 내 안에 원인이 있는 것이 분명한데, 인정하고 싶지 않은 이유로 지나간 일에 대한 미련과 부모의 책임으로 떠넘기고 있지 않은가.

미래를 위해 현재를 바꿔라.

'엎질러진 물은 주워 담을 수 없다.'

엎질러진 물은 수건으로 닦아 컵에 대고 물을 짜도 전부 되돌릴 수는 없다. 우리의 옛 어른들은 '포기할 수밖에 없군'이라고 말했다.

다른 말로 하면, 지나간 일이나 지금 할 수 없는 일에 '그 때는 그렇게 했으면 좋았을 텐데…… 저렇게 했으면 더……'라고 계속 후회하는 사람들이 옛날이나 지금이나 변함없이 많다는 사실이다.

또한 "지금에 와서 그래봤자 더 이상 어쩔 수 없잖아요. 잊어버리세요. 과거에 대한 미련 따위 갖다버리세요"라고 말해도 전혀 생각을 바꾸지 않고 포기하지 못하는 사람이 많다는 뜻이다.

꾸깃꾸깃해서 쓰레기통에 콱 쳐 넣고 싶은 과거가 있다. 이것만큼은 버리거나 지우는 작업에 집착하지 않는 쪽이 좋다.

현재에 대한 불만이 거꾸로 과거에 대한 회한과 미련으로 나타난다고 앞에서 설명했지만, 버리려면 과거가 아니라 현재에 대한 불만을 버려야 한다.

현재에 불만을 갖지 않는다는 것은 곧, 지금에 만족할 수도 있도록 노력한다는 뜻이다. 이 순서가 중요하다. 과거에 대한 원망과 미련을 버리면 현재에 만족할 수 있을까? 현재에 만족해야 비로소 과거는 쓰레기 통으로 잠수할 수 있다.

그러면 지금 현재에 만족하려면 도대체 무엇을 어떻게 해야 하는가?

소욕지족(少慾知足)밖에 없다.

많은 것을 바라지 않고 아주 적지만 그에 만족하라.

지금 자신의 손 안에 있는 것을 만족하고 연구하고. 자신의 주위에 만족하라. 너무 많은 것을 기대하지 마라.

너무 많은 것을 바라면 기대만큼 불만도 커진다는 것을 무너뜨려 버리는 일이 지금 당신에게 가장 중요하다.

'지금의 남편'에게도 찾으려고만 들면 좋은 점이 있다. 새로 발견한 좋은 점을 종이에 적어보자. 10개 이상은 될 것이다. 이 작은 만족은 현재의 생활을 더욱더 만족한 삶으로 바꾸어 놓는다.

나이가 들어서까지 부모에게 원망 섞인 푸념을 하는 사람도 마찬가지이다.

현재에 만족하고자 노력을 해보고, 현재를 출발점으로 이제부터 새로운 미래를 만들어가자고 마음을 가져보라. 부모에 대한 원망만 하고 있으면 무엇이 달라지는가. 아무것도 달라지지 않는다. 10년 후도, 20년 후도 지금 그대로 살 뿐이다.

여러 말 필요 없이 한 번 해보자. 그렇게 해서 현재를 변화시켜 나가는 것이다.

Think about

현재를 출발점으로, 이제부터 새로운 미래를 만들어가자고 마음을 가져보자.

빗나간 애정으로 에너지를 소모하지 마라

　현 시대에 살고 있는 사람들 중에 우울증으로 고생하는 사람들이 매년 증가하고 있다. 우울증에 걸릴 확률이 높은 사람을 포함하면 상당히 많은 사람들이 마음의 병을 가지고 살고 있다.

　이런 사람들은 우울증으로부터 마음을 지키기 위해서는 버려야 할 것이 있다.

　바로 애사(愛社)정신이라고 불리는 말이다.

　우울증에 걸려 정신과를 찾아가는 사람들 대부분이 열심히 일하며 성실하고 착실하며 책임감도 강한, 말하자면 애사정신이 투철한 전형적인 회사원이다.

　이런 유형의 사람들은 너무 열심히 일한 나머지 중압감과 과도한 스트레스로 인해 정신적으로 매우 힘들어한다.

애사정신이라 하면 듣기에는 좋지만 또 어떻게 보면 회사와 동료를 위험에 빠뜨리기도 하고 자신을 우울하게 만들기도 한다.

실제로 그런 일도 있다.

회사의 결산을 분석해서 임원이 체포되는 등과 같은 일련의 사건이나, 동업자끼리 담합한 일이 가끔 신문사로 흘러들어가 지면을 장식하기도 한다.

그럴 때 당사자들은 약속이나 한 듯 입을 모아 이야기한다.

"모두 회사를 위해서였습니다. 달리 방법이 없었습니다."

"종업원들과 거래처를 생각해서 그렇게 했습니다."

이 말이 거짓말이라고는 생각하지 않는다.

참으로 얄궂게도 회사를 너무 사랑한 나머지 실제로 사람을 범죄로까지 몰고 가서 회사 경영에 암운을 드리운다.

정리해고 당한 사원이 분풀이로 자신이 일했던 직장에 방화를 하고 옛 상사를 증오해 살인계획을 세우고 결국 계획을 현실화시켜 무시무시한 사건을 저지른다.

실제로 미국에서는 상사 살인이 사회문제화 되고 있다고 한다. 한국식 경영이 무너지고 합리주의를 내세운 미국식 경영이 빠르게 한국 사회에 침투하여 한국에서도 상사살인이라는 문구를 신문에서 자주 보게 될 날이 머지않았다. 이러한 범죄 심리의 저변에는 애사정신이 숨어 있는 경우가 많다.

'몸도 마음도 회사를 위해 다 바쳤다. 오로지 회사를 위해서 살아 왔다'라는 강한 신념이 있기에 정리해고라는 회사의 말도 안 되는 처사에 강렬한 분노를 느끼며 복수심에 불타오른다.

차라리 애사정신이 전혀 없는 사람이라면 '나 싫다는 회사, 나도 싫다'라고 자신의 마음을 잘 정리할 수 있다.

'그런 회사보다 더 좋은 회사도 많을 거야. 빨리 다른 회사를 찾아야지'라며 생각도 잘 바꿀 수 있다. 남녀 간의 사랑도 마찬가지이다.

빗나간 사랑으로 자신을 불태우거나 에너지를 소비하지 말자.

그 에너지를 50%라도 버리는 힘에 적용한다면 자신도 세상도 평안을 얻을 수 있을 것이다.

빗나간 사랑으로 자신을 불태우거나 에너지를 소비하지 말자.

그 에너지를 50%라도 버리는 힘에 적용하자. 그렇다면 당신 자신도, 세상도 평안을 얻을 수 있을 것이다.

현명(賢明)한 사람

R. 로시푸코

행복과 불행은 크기가

미리부터 정해져 있는 것은 아니다.

다만 그것을 받아들이는

사람의 마음에 따라서

작은 것도 커지고

큰 것도 작아질 수 있는 것이다.

가장 현명한 사람은

큰 불행도 작게 처리해 버린다.

어리석은 사람은

조그만 불행을

현미경으로 확대해서

스스로 큰 고민에 빠진다.

과거를 버리지 못하고 현재에 만족하지 못하다는 것이란 이는 곧

욕심이 지나치기 때문이라 한다.

2장
좋은 인생

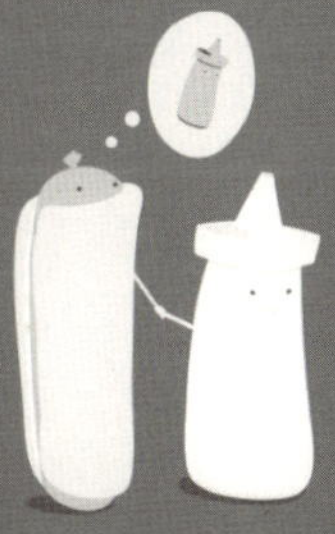

어리광은 20대에 졸업하자.

공자의 『논어』에 이런 구절이 있다.

열다섯 살에 학문에 뜻을 두었고(十有伍而志于學)

서른 살에 자립하였으며(三十而立)

마흔 살에 판단할 때 망설이지 않게 되었고(四十而不惑)

쉰 살에는 하늘의 뜻을 알게 되었고(伍十而知天命)

예순 살에는 귀가 순해졌으며(六十而耳順)

일흔 살에 비로소 내 마음대로 행동해도 법도를 어기지 않게

되었다(七十而從心所不踰矩)

‘사람은 그 나이에 시작해서 끝내야 하는 일이 반드시 있다고 생각한다.’ 공자의 말은 이런 내 생각을 잘 표현해 주고 있다.

가령 ‘서른 살에 자립하였으며’라는 구절은 30대란 자립하여 혼자 힘으로 이 세상을 꿋꿋하게 살아가는 기초를 만드는 시기라는 의미이다.

10대, 20대 때에는 어리광을 부려도 좋다.

혼자 힘으로 도저히 안 되면 다른 사람에게 의지해도 용서가 되고 사회도 너그럽게 봐주는 시기이다.

그런데 무슨 일만 있으면 어머니께 전화해서 울면서 호소하는 20대 청년이 있었다.

여자라면 그나마 이해가 가지만 아주 듬직한 사내가 부모의 그늘에서 벗어나지 못해 어리광을 부리고 의지하려고만 든다.

느티족(NEET, Not in Education, Employment or Training, 일하지도 않고 일하기 싫어하는 청년무직자를 일컫는 신조어)이라 불리는 사람들도 늘고 있다.

무슨무슨 ‘족’이라 하고 또 영어식 발음을 하니 뭔가 대단한 말이라고 생각될지도 모르지만 그 정체는 전혀 그렇지 않다.

우리식으로 말하면 부모의 등골을 빼먹고 있다는 뜻이다.

서른 살이 눈앞인데도 취업할 생각도 안 하고 공부도 안 하고 그저 부모가 주는 삼시 세끼를 먹으면서 생활을 하고 있을 뿐이다.

니트족은 특별한 고민거리도 없으며 초조해하거나 나쁘다고 느끼지도 않는다고 하니 이는 아무도 흉내 낼 수 없는 부모 등골 빼먹기라는 특별한 니트족만의 재능이다. 솔직히 말해 그들의 앞날이 걱정이 되고 답답하기만 하다. '앞날'이라 해도 그 '앞날'은 30대다. 중학생, 고등학생이라면 모르지만 20대 후반이 되어서까지 이런 생활을 하면 곤란해지는 사람은 다름 아닌 니트족, 바로 자신들이다.

꿈을 향해 착실하게 노력하기가 싫다는 젊은이도 있다.

자신의 일을 제쳐두고 남을 비판하는 젊은이도 있다.

'부모 때문이야, 선생님 때문이야, 세상 때문이야'라며 남만을 탓하고 있는데 왜 그러고 있는 것일까?

남의 탓을 입버릇처럼 하고 사는 것도 젊다는 핑계로 부려보는 어리광이다. 20대 딱지를 떼기 전, 오랜 친구인 어리광과 의존심을 떠나보내라.

자립해서 살아가기 위한 기초 만들기에 노력하자.

멋진 30대를 맞이하기 위해서…….

'서른 살에 자립하였으며'라는 구절은 30대란 자립하여 혼자 힘으로 이 세상을 꿋꿋하게 살아가는 기초를 만드는 시기이다. 멋진 30대를 위해 20대의 딱지를 떼기 전 어리광은 떠나 보내라.

유연한 사고를 잃지 말자

공자는 "예순 살에는 귀가 순해졌다"라고 말했다.

귀가 순해졌다는 말은 곧, 다른 사람의 말에 사심 없이 귀를 기울인다는 뜻으로 나를 버리고 '하늘의 뜻'에 따라 살아가겠다는 의미다.

사람은 나이가 들수록 완고해져 남이 하는 말은 그다지 듣고 싶어 하지 않는다.

남이 맞고 내가 틀렸다고 머리로는 알고 있지만 막상 자신이 잘못됐다고 누가 이야기 하면 "시끄럽다. 저리 가라"며 소리치고 쫓아버린다.

‘아버지도 완고했는데 나도 아버지를 닮았구나’하고 지각하게 되는 나이가 바로 예순 살 무렵이다.

완고한 노인네는 아무도 상대해주지 않으니 조심해야 한다. 말상대조차 되지 못한다는 사실은 정말 비참하다.

노인일수록 사회와의 커뮤니케이션은 미미하지만 자신도 조금이나마 사회의 도움이 되고 있다면 자신이 느끼는 성취감은 매우 중요한 의미를 가진다.

게다가 나이가 들어서 체력적으로는 조금 힘들지만 해야 할 일이 있다는 사실이 인간으로서 행복을 느끼게 한다.

이와는 반대로 완고함을 버려야 할 때 버리지 못하면 “그런 일은 안 해도 좋으니 저쪽으로 좀 가세요”라는 말을 듣는 필요 없는 존재로 전락한다.

완고함을 제때 버리지 못한 자신을 탓해도 이미 때는 늦었다. 남의 말에 귀 기울여 묵묵히 이해하면서 듣는 것은 사실 무척 피곤할 일이지만 그렇다고 그냥 귓등으로 흘려버리면 더 완고해지기 쉽다.

‘완고함은 건강의 증거’라는 잘못된 인식을 가져서는 안 된다. 살아갈 에너지가 바닥나 완고해진 것이며 이는 자신이 늙었다고 표현하는 것뿐이다.

나이든 중년일수록 완고함에 작별을 고하는 그때가 바로 젊은 오빠가 되는 순간이다.

완고함을 버려라.

완고함이 건강의 증거라든가, 나의 위엄이라는 생각은 잘못된 인식
이다. 완고함에 작별을 고할 때 60대의 젊은 오빠가 되는 순간이
다.

멋지게 나이를 먹자

공자는 "일흔 살에 비로소 내 마음대로 행동해도 법도를 어기지 않게 되었다"라고 말했다.

마음속에 붙어 있던 쓸데없는 것을 훌훌 털어서 저 멀리 보내고 나서 비로소 맛보는 경지라고 이해하고 싶다.

욕망이 이끄는 대로 움직여도 인간으로서 예의에 벗어나거나 사회가 정한 규칙을 깨부수는 일이 없다는 의미로 일흔 살이 되어 비로소 이 같은 경지에 도달한다.

멋지게 나이를 먹기 위해서는 많이 버려야 한다.

회사를 정년퇴직한 후에도 열심히 일했던 시절에 대해 미련을 버리지 못하는 사람이 정신과 환자 중에도 가끔 있다.

회사에 갈 필요가 없어져 삶의 보람을 잃어버려 '나 같은 것, 이제 아무런 쓸모도 없이, 누구도 날 필요로 하지 않는다'는 기분이 점점 커져 마침내 우울증이라는 깊은 늪에 빠져 버린다.

그곳에 함께 있어 주는 친구란 회사에서 활약하던 그 때 그 시절에 대한 미련일 뿐, 이 미련한 친구에게 작별을 고하지 못하는 한 새로운 인생을 받아들이기는 힘들다. 이런 사람에게는 궁여지책으로 '출근 놀이'를 권하기도 한다.

정년퇴직 전과 똑같이 아침 일찍 일어나 양복을 입고 집을 나서서 지하철을 탄다. 출근할 직장이 없기에 그저 거리를 어슬렁어슬렁거리다가 집으로 돌아올 뿐이지만 단지 이것만으로도 기분이 좋아져 얼마동안은 활기차고 생생하다. 그러나 이는 임시방편적인 대중요법에 지나지 않는다.

이렇게 되지 않기 위해서는 50대에 준비하자. 정년퇴직 후의 인생을 위해 조금씩 취미를 가진다든지, 자원봉사 활동을 시작한다든지, 이웃들과 친해진다든지, 직장 동료 이외의 친구를 만들어 둔다든지 하는 새로운 만남을 준비해야 한다.

그런 다음에는 이제부터 말하는 4가지 과거와 작별을 준비한다.

- 일에 대한 야심

- 괜찮은 지위에 있던 때의 프라이드

- 사람을 가르치려는 버릇

- 왠지 모르게 잘난 척하는 태도

회사에 있을 때처럼 하고 싶은 대로 하고 잘난 척하는 태도로 사람을 가르치려고 들면 정년퇴직 후 새로운 인간관계를 만들어 갈 수 없다. 고독하게 나이를 먹지 않으려면 조금씩이나마 작별을 연습해 두는 것이 좋겠다.

멋지게 나이를 먹기 위해 버려야 할 것

- 일에 대한 야심

- 괜찮은 지위에 있던 때의 프라이드

- 사람을 가르치려는 버릇

- 왠지 모르게 잘난 척하는 태도

젊었을 때 아내를 배려하라

정년퇴직을 계기로 부인에게 버림받는 남편들이 있다. 흔히 이야기하는 중년이혼이다. 중년이혼은 부인이 먼저 이야기를 꺼내는 경우가 압도적으로 많다고 한다.

남편은 팔자 좋게 '정년퇴직하고 나서 둘이서 오순도순 사이좋게 살아야지'라고 생각한다.

그러나 부인은 속으로 계산하고 있다.

'정년퇴직이 좋은 기회야. 그 사람 뒤치다꺼리 하는 것도 정말 지긋지긋해. 이런 생활에서 해방되자. 그 사람 퇴직도 했으니 어차피 집에서 뒹굴뒹굴 거릴 거니까 밥하고 빨래하고 전부하라고 해야지.'

그만큼 아내는 남모르게 울분과 불만을 차곡차곡 쌓아 놓고 있었다는 말이다.

어느 날 갑자기 아내가 이혼하자고 한다. 갑작스러운 아내의 말에 남편은 너무 놀라 입이 다물어지지 않는다.

"내 참 어이가 없어서 갑자기 왜? 왜 그러는 거야!"

중년이혼 증가는 평균 수명과 관계가 있다. 남성의 평균 수명이 매년 늘어 80세가 눈앞이다. 다시 말하면 정년퇴직하고 나서 약 20년을 더 살아야 한다는 의미이다.

"5, 6년 정도라면 그나마 참고 살아보겠지만 앞으로 20년 동안 남편 뒤치다꺼리를 해야 한다고? 말도 안 돼. 남은 인생마저 남편에게 저당 잡혀서 살 수는 없어. 이제 맘껏 즐기면서 살 거야!"라고 아내는 진절머리를 친다.

친구이자 인생의 동반자인 두 사람의 엇갈림은 남편의 어리광이 주원인이다.

잇펜쇼닌 카라쿠라 시대 스님)은 이렇게 말했다.

"인생은 혼자 왔다 혼자 가는 것. 그러므로 남과 함께 산다고 해도 결국은 혼자, 죽음을 같이 하는 사람은 없다."

사람은 혼자 태어나 혼자서 죽는다. 아무리 사이가 좋은 부부라 해도 같이 죽을 수는 없으며 결국 혼자 죽는다는 의미이지만 이 말을 이해하고 있는 남성은 의외로 적다.

'함께 죽을 수는 없지만 내 마지막 가는 길을 아내가 옆에서 지켜줄 거니까 안심이다'라고 멋대로 결정짓고 있는 남편이 얼마나 많은가.

남편은 밥하고 빨래하는 것부터 시작해서 마지막 가는 길마저 아내가 함께 해주기를 바란다. 이 얼마나 오만한 생각인가.

아내에게 버림받지 않기 위해서라도 어리광은 그만 부려라.

'내 마지막 가는 길까지 아내가 옆에서 지켜줄 거야'라는 오만한 생각을 버려라. 버림받지 않기 위해서라도 아내를 배려해라.

현실과 상상을 정확히 인식하라

　(1) 나리타 이혼(젊은 신혼부부들이 신혼여행에서 돌아오는 도쿄나리타 공항에서 갈라선다고 해서 생긴 말이다. 현재는 스피드 이혼이라는 말이 일반적이며 1997년을 피크로 사어화(死語化)가 되었다.)

　(2) 오월병(신입사원이나 신입생들이 새로운 환경에 적응을 하지 못해서 일어나는 정신질환 중 하나이다.)

　중년이혼이라는 말이 있으면 나리타이혼(1)이라는 말도 있다. 결혼식을 올리고 사이좋게 신혼여행을 간 것까지는 좋았는데 신혼 여행지에서 심하게 말다툼하고 돌아오자마자 나리타공항에서 이혼한다.

"우리 두 사람, 더 이상 안 되겠어. 헤어지는 게 좋을 것 같아."

"그래. 그러자."

정기적금까지 깨서 비싼 돈을 들여 성대한 결혼식을 해준 양쪽 집안 부모들이 참 안됐다.

나는 나리타 이혼을 하는 젊은 사람들의 심리와 회사 신입사원들에게 자주 보이는 오월병(2)에는 공통점이 있다고 생각한다. 바로 자신의 기대치의 어긋남에서 오는 큰 실망감이다.

오월병으로 힘들어하는 신입사원들 대부분은 회사란 트랜디, 드라마에서 자주 나오는 드라마틱하고 자극적이며 멋진 사람들이 수두룩하고 가슴 설레는 곳일 것이라는 기대감을 한 아름 안고 입사한다.

그런데 자신이 입사한 회사는 촌스럽고 수수하며 가슴 설레는 멋진 일이란 눈 씻고 찾아봐도 없다.

기대가 크면 클수록 기대와 어긋났을 때 받은 충격은 엄청날 것이다.

현실과 기대 사이에 엄청난 차이가 있다는 사실을 알아차리게 되는 시기가 딱 7월 연휴 무렵이다.

연휴 동안 쉬면서 '아~ 저런 회사에는 가고 싶지 않아'라는 마음이 새록새록 솟아난다.

나리타 이혼을 하는 신혼부부도 필시 결혼 생활에 큰 기대를 가지고 있었던 것은 아닐까. 결혼 생활의 첫 부부 싸움을 계기로 현실과 기대의 차이를 절실하게 느끼게 된다.

한 여성은 남편의 프랑스어에 기대를 하고 간 신혼여행지에서 남편의 프랑스어가 거의 통하지 않았다는 현실에 환멸을 느껴 이혼을 결심했다고 한다.

요즘 젊은이들을 두고 '차갑게 식어 있다'는 말을 자주 하지만 겉으로만 그렇게 보일 뿐 사실은 냄비처럼 갑자기 뜨거워지고 급히 식어버리는 젊은이들의 가벼운 열정을 볼 수 있다.

인생에서 기대감과 꿈을 안고 사는 것은 물론 나쁜 일은 아니지만 아무래도 정도가 심하면 좋지 않다.

인생을 설계할 때는 기대하던 것과 너무 달라 그 충격으로 주저앉아 다시 일어설 수 없게 되는 절대 절명의 사태를 피하기 위해서라도 너무 달콤한 기대감은 버리는 것이 좋다.

처음에는 신혼 생활이라는 현실을 감안해서 상대에게 기대감을 적당히 품고 살아가면서 조금씩 기대치를 올려 가면 되지 않을까?

이것이 결혼 생활의 즐거움이다.

인생에서 기대감과 꿈을 안고 사는 것은 물론 나쁜 일은 아니지만 아무래도 정도가 심하면 좋지 않다.

인생을 설계할 때는 기대하던 것과 너무 달라 그 충격으로 주저앉아 다시 일어설 수 없게 되는 절대 절명의 사태를 피하기 위해서라도 너무 달콤한 기대감은 버리는 것이 좋다.

연애를 즐겁게, 결혼은 신중하게…

20대 초반이라는 너무 어린 나이에 결혼을 하고 결혼생활이 순탄치 않아 우울해져 정신과 상담을 받으러 가는 사람이 있다. 남녀가 따로 없다.

문득 왜 그렇게 결혼을 일찍 결정한 것일까. 젊었을 때 결혼하는 것을 반대하지는 않지만 그들 중에는 너무 서둘러 결혼을 결정한 경우가 눈에 띈다.

이들의 이야기를 들어보면 이성과 진지하게 만나면서도 그냥 이대로 있다가 버림받을 지도 모른다는 두려움과 헤어지는 두려움으로 인해 '그래 그냥 결혼을 해 버리자'는 심리가 강하게 작용한다.

이 ‘버림받을 지도 모른다’는 두령무에 서두른 결혼은 결혼하려는 사람의 인성이 좋은지 나쁜지 옥석(玉石)을 가려내기가 어렵다.

그러고는 저런 사람이라고는 생각하지 못했다는 둥, 이런 생활이 되리라고는 꿈에도 생각하지 못했다는 둥 말이 많다.

요즘 젊은 사람들이 합리적이고 현실적이라고 하지만 내가 보기에는 그렇지도 않다.

‘그래, 어쨌든 결혼만 하면 돼. 그러면 모든 게 다 잘 될 거야’라며 특히 결혼에 대해서는 굉장히 달콤한 로맨스를 꿈꾸고 있는 듯하다.

한 가지 부탁이 있다. 결혼이라는 문을 열기 전에 제발 천천히 충분히 연애라는 길을 음미하기를 바란다.

버림받는 것이 무서워서 그 공포에서 벗어나려고 도망치듯 결혼을 서두르는 것은 자칫 더 큰 불행을 맞이할 수 있다.

결혼을 결정하려는 당신. 우선 연애부터 제대로 하자. 평생의 반려자가 될 그 사람의 나쁜 성격까지도 충분히 이해하고 나서 하는 결혼도 충분히 늦지 않는다.

결혼을 결정하려는 당신. 우선 연애부터 제대로 하자.

평생의 반려자가 될 그 사람의 나쁜 성격까지도 충분히 이해하고

나서 하는 결혼도 충분히 늦지 않는다.

마음의 다이어트를 하자

‘나다운’ 삶을 찾기 위해서라도 군더더기를 버려 보자.

우선 다음의 몇 가지를 버리면 어떨까? 틀림없이 자신만의 개성이 하나씩 보이기 시작할 것이다.

- 내 능력으로는 안 되는 것
- 포기할 수밖에 없는 것
- 나에게 어울리지 않는 것
- 잘 보이려고 나를 꾸미고 있는 것
- 무리해서 하고 있는 것

솔직히 이 5가지를 버리면 자기 자신을 그저 평범하고 심지어 하찮은 존재라고 여기게 될지도 모른다.

'버린다'는 말 때문에 얼핏 쉬어 보이지만 본인에게는 너무나 힘들고 가슴 아픈 작업이 될 것이다.

가령 자신이 어떤 모습으로 어떻게 살든지 간에 역시 나다운 삶이 인간에게는 무엇보다도 행복하고 마음이 편안한 일이다.

군더더기를 버리는 일은 자신을 현실적으로 당당하게 바라보는 작업이기도 하다.

'저렇게 되고 싶다'는 희망사항이 나쁜 것은 아니지만 그 희망사항이 자신의 본연의 모습과 너무 동떨어져 있어 허영심이 지나치거나 허황된 꿈을 꾸고 있는 듯이 보이는 사람도 흔히 있다.

가상과 현실을 왔다 갔다 하면서 진실을 보지 못한 채 하루를 보내는 사람들은 분명 마음속으로 안절부절 못하고 마치 바늘방석에 앉아 있는 것처럼 불안한 마음으로 살아가고 있을 것이다.

이렇게 말하고 있는 나도 살아온 길을 뒤돌아보면 젊었을 때는 하늘 높은 줄 모르고 교만하고 오만방자했다. 그러나 어느 순간 나 자신이 지극히 평범하다는 현실을 깨닫게 되었고, 깨달음을 얻고 나서야 비로소 진정으로 인생을 즐기고 만끽하면서 살아갈 수 있게 되었다.

　5가지 군더더기를 버리는 마음의 다이어트가 성공하여 효과를 본 것이 아닐까?

- 5가지 군더더기 버리기 -

- 내 능력으로는 안 되는 것

- 포기할 수밖에 없는 것

- 나에게 어울리지 않는 것

- 잘 보이려고 나를 꾸미고 있는 것

- 무리해서 하고 있는 것

주변을 돌아보며 성공을 꿈꿔라

　마음은 사람들이 출세와 사회적 성공을 꿈꾸고 있지만 글쎄, 출세와 성공이 마냥 기뻐할 수 있는 행복한 사건이냐 하면 반드시 그렇지도 않은 것이 현실이다.

　빈정거리는 것이 아니라 실제로 사회적으로 성공한 사람 중에는 스스로 불행하다고 생각하는 사람이 많다.

　이를 가리켜 '출세우울증'이라고도 한다.

　모 대기업에서 20년 동안 엔지니어로서 실력과 지위를 쌓아온 사람이 45세가 되던 해, 월급쟁이 대열에서 벗어나 독립하였다. 그 때 믿음이 가는 동료와 자식같이 보살펴 온 부하를 몇 명

데리고 나오는 바람에 그 일로 이전 회사와 다소 불편한 관계가 되었지만 확고한 동료의식으로 똘똘 뭉쳐져 있어 안심할 수 있었다.

일단 독립했기 때문에 무슨 일이 있어도 성공하고 싶었다.

성공하겠다는 집념 하나로 가정도 뒷전이었고 쉬는 날도 물론 없었다. 아침부터 저녁까지 죽을 각오로 일, 일에 파묻혀 살았던 것이다.

성공을 향한 집념 덕분에 5년 후 회사는 본궤도대열에 올라섰고, 10년 후에는 당당히 유력 벤처기업으로서의 탄탄한 미래가 보장되었다.

그러나 '한시름 놓았다'라는 말과 동시에 우울 증세가 나타났다. 이와 같은 출세 우울증, 성공 우울증은 결코 드문 예가 아니다.

'위로, 좀 더 위로 더 높은 곳으로'라며 자신을 채찍질하고 다그치면서 정상을 향해가고 있는 동안에는 오직 정상에 오르겠다는 일념으로 주변을 돌아볼 여유가 없다.

그러나 정상에 다다르고 나면 '아……!' 하고 갑자기 주변의 많은 것들이 눈에 들어오기 시작한다.

정상에 섰을 때 비로소 눈에 보이는 일이란 도대체 무엇일까?

성공을 위해 지금까지 뒷전으로 내몰았던 것들이다.

• 가족과의 정, 깊은 유대관계

- 동료와의 신뢰관계
- 자신의 특기

일에 파묻혀 사는 동안 어느새 아내와 아이는 저만치 멀리 가 있다. 아이는 아빠를 믿지도 않고 존경하지도 않으며 엎친 데 덮친 격으로 아내는 내가 아닌 다른 곳을 보고 있다.

경영자가 되자마자 지금까지 동고동락하며 믿어온 동료들은 불신의 눈으로 보게 되었다는 이야기도 이제는 흔하디흔한 일이다.

어쩌면 동료들이 비판의 눈으로 자신을 보고 있을 지도 모른다는 기분마저 든다.

시기와 의심이 자신을 점점 불신의 늪 쪽으로 끌어당기고 있다. '조금이라도 틈을 보이면 안 돼. 내 자리를 노리고 있을 거야. 조심해야해'라는 속삭임이 들려온다.

그리고 어느 날 문득, 회사를 경영하느라 정신없이 바쁘게 살아오는 동안, 몇 십 년 동안 갈고 닦아온 엔지니어로서의 기능을 잃어가고 있었다는 사실을 알아차린다.

자신이 열망하고 있었던 일이 정말로 이런 것인가 하는 막연한 불안감이 엄습한다.

어느 날 갑자기 찾아오는 '아……!'라는 한 마디로 헤어 나오지 못한 우울증으로 빠져드는 기분이 든다.

미국에서는 잘나가는 비즈니스맨 중 절반 이상이 우울증에 걸렸다고 한다.

출세와 성공을 위해서 포기하고 접어야 하는 것도 있겠지만 이로 인해 우울증에 걸릴 생활이라고 느껴지면 오히려 어떤 일이 있더라도 단단히 잡고서 놓치지 않는 힘이 중요하다.

당신은 지금 어떠한가?

지금 어떠한 힘이 당신에게 필요한지를 알아야 할 때이다.

사람은
아무도
다른 사람을 정말로
이해할 수 없고

아무도
다른 사람의
행복을
만들어줄 수 없다.

-그레이엄 그린-

정상에 올라서기 위해 내게 필요한 것

- 가족과의 정, 깊은 유대관계

- 동료와의 신뢰관계

- 자신의 특기

3장
마음을 가볍게

웃는 얼굴로 대하라

마음에 없는 거짓 미소에는 아무도 속지 않는다. 그처럼 기계적인 것은 오히려 화를 불러올 뿐이다. 나는 진실한 미소에 대해서 이야기하고 있을 뿐이다. 보기만 해도 마음이 흐뭇해지는 미소, 마음속에서 우러나오는 미소, 천금의 값어치를 지니고 있는 미소를 말하고 있는 것이다.

미소를 띠고 싶지 않을 때는 어떻게 하면 좋을까? 방법은 두 가지가 있다. 우선 첫째로 억지로라도 웃어 보아라. 혼자 있을 때마다 휘파람을 불거나 콧노래를 불러보기도 한다. 둘째로 행복해서 못 견디겠다는 듯이 행동하여라. 그러면 정말 행복한 기분이 드는 것이다.

행복이란 외적인 조건에 의하여 얻어지는 것이 아니라 자기의 마음가짐 하나로 얻을 수도 있고 놓칠 수도 있는 것이다. 행복과 불행은 재산, 지위 또는 직업 등으로 결정되는 것은 아니다. 무엇을 행복이라 생각하고 또 무엇을 불행이라 생각하는가. 이 사고방식에 따라서 행복과 불행이 나뉘어지는 것이다.

다음의 글을 잘 읽어보고 한 번 실천에 옮겨 보도록 하자.

집에서 나올 때는 언제든지 턱을 당기고 머리를 곧게 세운 다음 될 수 있는 대로 크게 숨을 내쉬어라. 햇살을 마음껏 받아들여라. 친구를 웃음으로 대하며 악수는 정성껏 하라. 오해받을 걱정 같은 것은 하지 말고 적에 대하여 마음을 쓰지 말라. 하고 싶은 일은 마음속으로 꼭 하겠노라고 결심하고 곧바로 목표를 향해 나아간다. 크고 훌륭한 일을 이룩하겠다는 큰 포부를 염두에 두어라. 그러면 언젠가는 그 포부를 이루는 데 필요한 기회가 다가오고야 말 것이다. 마치 산호충이 조류로부터 양분을 섭취하는 것과도 같은 것이다.

또한 유능하고 성실하며 남에게 도움이 될 수 있는 인물이 되도록 노력하고 그것을 언제나 잊지 말아야 한다. 그러면 세월이 흘러감에 따라 그런 인물이 되는 것이다. 올바른 마음가짐, 즉 용

기, 솔직성 그리고 명랑성을 늘 지니고 있어야 한다. 올바른 정
신 상태는 뛰어난 창조력을 가져온다. 모든 것은 원하는 데서부
터 생기는 것이니 진정한 소원은 반드시 이루어지고 만다.

사람의 일은 마음먹은 대로 되는 것이다. 턱을 당기고 머리를
똑바로 세우자. 기도하고 간절히 원하면 이루어지는 것이다.

남편과 아내의 자기반성

결혼이란 두 사람이 함께 춤을 추는 것이다. 아무리 사이좋은 잉꼬부부라도 살면서 수많은 갈등에 부딪힐 수밖에 없다. 갈등이란 오해로, 때론 한사람으로 인해서, 또는 양쪽의 고집 때문에 일어난다. 이때 서로 상대방에게 비난을 쏟아내 봤자 얻는 것은 아무것도 없다.

여기서 간략히 부부를 위한 질문을 소개해보겠다. 질문에 Yes, 라는 답이 당신에게 얼마나 나올까?

―남편에게 질문

1. 아직도 부인과 연애 중인가? 가끔 꽃다발을 안고 귀가한 적

이 있는가? 부인의 생일 및 기념일을 잊지 않고 있는가? 특별한 날마다 부인을 기쁘게 해주었는가?

2. 감정을 잘 조절하는 편인가? 말도 안 되는 이유로 부인을 비판한 적은 없는가?

3. 생활비 이외에 부인만을 위한 용돈을 따로 준 적이 있는가?

4. 부인의 감정을 이해하려 노력하는가? 부인이 피곤해하거나 화를 낼 때 부인을 위로하고 감싸주는가?

5. 여가시간의 절반이라도 기꺼이 부인과 둘만의 시간을 보내는가?

6. 부인의 단점과 약점을 덮어주려 노력하는가? 간혹 친구의 부인과 비교하지는 않는가?

7. 부인의 생각, 사회활동, 즐겨 읽는 책 등에 조금이라도 관심이 있는가?

8. 부인이 다른 남성과 어울리는 곳을 허락할 수 있는가? 부인이 타인의 관심을 받더라도 질투심에 화를 내지 않을 수 있는가?

9. 부인에 대한 존경과 사랑, 칭찬을 표현하는가?

10. 부인이 당신을 위해 사소한 일들, 와이셔츠 다리미 질, 단추 달기 등에 감사의 인사를 표현하는가?

―부인에게 질문

1. 남편이 원하는 일을 할 수 있도록 충분한 자유를 주는가? 바깥일에 대해 사사건건 간섭하려 들지는 않는가?

2. 온화하고 편안한 가정 분위기를 만들기 위해 최선을 다하는가?

3. 남편을 위해 맛있는 요리를 만들어주는 등 매일매일 새로운 기쁨을 주기 위해 노력하는가?

4. 남편의 일에 대해 이해하고 있는가? 필요할 때 적절한 충고나 지혜로운 견해를 제시할 수 있는가?

5. 경제적 어려움이 닥쳤을 때 의연히 이겨낼 수 있는가? 남편을 원망하지 않고, 다른 성공한 남편들과 비교하지 않을 수 있는가?

6. 남편의 어머니 및 그 외 다른 친척들과 화목하게 지내기 위해 노력하고 있는가?

7. 물건을 구입할 때, 특히 의류의 색깔이나 스타일에 있어 남편의 취향을 고려하는가?

8. 남편과 말다툼을 할 때, 진지하고 폭넓게 생각하는가? 아니면 자신의 의견만을 끝까지 고집하는가?

9. 남편과 즐거운 여가시간을 즐기기 위해, 그가 좋아하는 운동을 함께 배울 수 있는가?

10. 남편과의 거리감을 좁히기 위해 매일매일 신문, 신간서적,
    새로운 유행 등에 가까이하는데 노력하는가?

아름다운 결혼생활이란 갈등이 없는 데서가 아니라 때때로 스스로
를 반성하고 되돌아보며 상대방의 마음을 헤아려보는 데서 찾아온
다.

붉은 장미 6송이

어느 날 한 지인이 다음과 같은 말을 하였다.

아내가 자기계발 세미나에 다녀온 날, 내게 자신이 고쳐야할 점 여섯 가지만 알려달라고 하더군. 난 깜짝 놀랐다네. 솔직히 여섯 가지는 너무 적었고, 아내가 고쳐야 할 것은 그 자리에서도 몇 백 개는 델 수가 있었지. 하지만 난 그렇게 말하는 대신, '오늘 내가 생각 좀 해보고 내일 아침에 말해주겠소'라고 했다네. 다음날 아침 일찍 회사로 출근해 꽃집에 장미 6송이를 주문배달 시켰다네. '당신이 고쳐야할 여섯 가지는 생각이 나질 않소, 그냥 지금 그대로의 당신이 좋으니까.'라는 메시지를 넣어 아내에게 전해 주도록 했다네.

그날 저녁 퇴근할 무렵, 집 앞에 누가 있었는지 아는가? 바로 아내였다네. 눈가에 눈물이 그렁그렁한 채로 날 기다리고 있더군. 그 때 난 아내의 단점을 말하지 않았던 게 얼마나 다행이었는지를 새삼 깨달았다네.

그리고 얼마 후 아내는 한 세미나에서 이 이야기를 발표했지. 그러자 사람들이 와서 '지금까지 들어본 얘기 중에 가장 아름다운 이야기에요.'라고 말하더군. 나도 이 말에 정말 뛸 듯이 기뻤다네.

결혼 생활 중에 부부는 더욱 감정적으로 변한다. 사소한 일조차도 엄청나게 큰 일로 확대해서 더 이상 견딜 수 없다고 선언한다. 그러나 칭찬만 해주어라. '사랑'을 가득 주면 상대는 자연스레 변화할 것이다.

남편들이여, 아내에게 요리를 배워라.

요즘 유행하고 있는 '남성을 위한 요리교실'의 수강생 중 대부분이 50대 후반에서 60대라고 한다.

정년퇴직한 후 여유로운 시간을 주체하지 못해 드디어 남성들이 아내에게 사랑을 받으려고 열심이다.

'그래. 회사 다닐 때는 일 때문에 아내에게 제대로 못해주고 늘 고생시켰지. 이제부터라도 잘 해줘야지. 뭐가 좋을까? 아! 그래. 요리는 어떨까? 일주일에 몇 번 내가 아내 대신 부엌일을 하면 아내가 조금이나마 편하겠지? 하하하.'

정말 칭찬해 주고 싶은 아주 훌륭한 마음자세다. 그런데 한 가지 석연찮은 구석이 있다. 요리라면 굳이 비싼 돈을 들여 요리학

원에 다니지 않아도 될 것 같은데 어떠한가. 아주 가까운 곳에 몇 십 년 경력의 훌륭한 요리사인 '아내'라는 훌륭한 선생이 있지 않은가.

아내에게 요리를 배우면 우선 돈도 들지 않고 부부끼리 오붓하게 대화할 시간도 많아지는데 왜 남자들은 아내에게 요리를 가르쳐 달라고 말하지 못하는 것일까.

물론 과부 사정은 홀아비가 안다고 나는 그 이유를 잘 알고 있다. 무슨 미련이 그리도 많은지 남자들은 아직까지 남편으로서의 자존심을 못 버리고 있다.

말은 '아내에게 사랑 받기 위해서'라고 하지만 자세히 들어보면 윗사람으로서 어디까지나 내가 편하게 해 '주고', 내가 만든 요리를 먹게 해 '준다'는 자세를 취하고 있다.

"알았어요. 정말 어쩔 수 없군요. 가르쳐 줄게요"라고 나보다 낮은 아내가 나보다 높은 선생으로 위치가 바뀌는 것이 싫을 따름이다.

옛날 우리 어른들은 이런 말을 했다.

"사내자식이 부엌에 들어가면 ○○가 떨어진다."

"남자가 부엌에 들어가면 큰일을 못한다."

요즘은 어떤가. 지금은 남자도 거리낌 없이 부엌에서 요리를 할 수 있기에 시대가 달라졌다고도 볼 수 있지만 아직도 대부분의 남자들은 남편으로서 자존심을 볼 수 있지만 아직도 대부분의 남자들은 남편으로서 자존심을 버리지 못하고 미련을 갖고 있다. 그러나 요즘은 남자도 거리낌 없이 부엌에 들어오게 되었다. 그만큼 시대가 발전한 듯 보이지만 케케묵은 남편으로서의 자존심을 버리지 않는 이상 아직도 1% 부족하다.

"여보, 요리 좀 가르쳐 줘"라고 아내에게 아무렇지도 않게 말할 수 있는 시대가 현실이다.

이 시대 부부는 비로소 진정한 남자와 여자, 인간과 인간으로서 서로를 이해하고 도와주는 진정한 인생의 동반자로 다시 태어나지 않을까.

이렇게 장황하게 이야기할 내용은 아니지만 아내에게 요리를 배우는 남편의 모습을 한번 상상해보라. 훈훈한 부부사랑이 전해진다.

T h i n k   a b o u t

"여보, 요리 좀 가르쳐 줘"라고 아내에게 아무렇지도 않게 말할 수 있는 시대가 현실이다.

이 시대 부부는 비로소 진정한 남자와 여자, 인간과 인간으로서 서로를 이해하고 도와주는 진정한 인생의 동반자로 다시 태어나지 않을까.

배움의 기쁨을 위해서 자존심을 버려라

나이가 들어서도 젊게 살려면 배우려는 마음자세를 흐트러지지 말아야 한다.

내 주위에도 60세에도 제 나이보다 훨씬 젊어 보이는 사람들이 많이 있다. 그런데 이들은 늘 호기심이 많아 컴퓨터를 배운다든지 문화센터에서 중국어를 배운다든지 하며 끊임없이 즐기면서 행복해한다.

무언가를 배운다는 것은 인생의 큰 기쁨 중 하나이므로 사회인이 된 후에도. 직장에서 은퇴를 해 은거생활을 시작한 후에도 자신만의 목표를 가지고 열심히 배우도록 하자.

평생 배우는 기쁨을 음미하는 것만큼 좋은 것은 없다.

이노우 타다타카(伊能忠敬, 1745~1818: 에도시대 상인, 측량 기술자)는 에도시대 때 일본 전국을 돌면서 일본 지도를 완성하였다.

그는 쉰을 넘겨 은거생활을 시작하고 나서 마침내 배우는 것이 얼마나 기쁜 일인지 알게 되었다고 한다. 그때까지는 가업과 농사 때문에 바빠서 뭔가를 배운다는 것은 생각도 못했다.

은거생활로 겨우 여유가 생기자 타카하시 요시토키(애도시대 후기 천문학자)라는 선생 밑에서 젊은 시절 배우고 싶었던 천문학과 측량에 대해 공부를 시작했다. 그런데 이 두 사람의 관계에서 흥미로운 점은 타카하시 요시토키는 이노우 타다타카보다 열아홉 살이나 어리다는 사실이다.

오십을 훌쩍 넘긴 어른이 열아홉 살이나 어린 사내에게 배우는 심정은 어땠을까? 입장을 바꾸어서 여러분이라면 어땠을지 한번 진지하게 생각해보자.

이노우 타다타카는 나이가 많아서 생긴 자존심과 사회 경험이 많아서 생기는 자존심, 그리고 돈과 영예에 대한 자존심을 모두 버리고 열아홉 살이나 어린 선생에게 배웠다. 실제로 이러한 자존심을 버리지 않고서는 배울 수 없다.

'저 정도밖에 안 되는 사람에게는 배우고 싶지 않아'라며 배우고 싶어도 자존심 때문에 차마 배우지 못하는 사람도 많다.

쓸데없는 자존심을 버리지 않고서는 배울 수가 없으니 빨리 버리는 게 좋다. 배우는 일이 얼마나 기쁜 일인지 알지 못한 채 나이만 먹는다면 언제나 젊은 기분으로 있고 싶은 소망도 결국 이룰 수 없는 꿈이 된다.

겸허한 사람일수록 존경받는 법이다. 자존심을 버리고 자신을 낮춰 무언가를 끊임없이 배우는 일이 얼마나 기쁘고 또 가치 있는지 알 필요가 있다.

집안일을 잊고 부부여행을 떠나라

　잘 알고 지내는 부부의 이야기다. 이 부부는 둘이서 여행을 가기만 하면 여행지에서 항상 싸우게 된다고 한다. 그래서 부부여행에 대한 좋은 추억은 눈 씻고 찾으려 해도 찾아볼 수 없다고 한다.

　남편과 아내, 단 둘이서만 여행을 갈 때에는 절대로 가지고 가서는 안 되는 것이 있다. 내 생각은 그렇다. 이 부부는 가지고 가서는 안 되는 것을 늘 가지고 갔기에 그 때마다 부부싸움을 한 것이 아닐까?

　도대체 '가지고 가서는 안 되는 그것'이란 무엇일까?

남편이라면 일에 대한 걱정, 부하에 관한 일, 거래처에 대한 일, 출세에 대한 집념, 가장으로서의 책임감 등이 있다.

아내라면 어머니로서 잘 하고 있는지, 아이 교육을 어떻게 할 것인지, 집안일은 어떻게 할 것인지, 문은 잘 잠갔는지, 가스 불은 잘 껐는지, 가게를 잘 꾸려 나가고 있는지 등이 있다.

이 모든 것을 집에 놔두고 여행을 가지 않으면 여행이 일상생활의 연장이 된다.

"당신은 항상 그래. 집에 있을 때나 언제나……"

"당신은 안 그래? 봐. 봐. 얼마 전에 집에서 그랬잖아."

그래서 말다툼은 시작된다.

부부만의 여행이 일상생활의 연장이 되어서는 안 된다. 현관문을 열고 집을 나서는 순간 집안일은 집에 두고 문을 잠가라! 아무리 신경이 쓰이는 일이 있더라도 집에 돌아와서 생각하면 된다.

부부란 24시간 얼굴을 맞대고 지내기 때문에 그렇지 않아도 매너리즘에 빠지기 쉽다.

권태감과 매너리즘을 멀리 떨쳐내고 관계를 새롭게 하기 위해서는 여행이 가장 효과적이다. 그리고 효과를 120% 보기 위해서는 두고 가야 할 것은 두고 가는 것이 좋다.

서로가 남편으로서, 아내로서의 짐을 벗어던지고 여행한다면

결혼 전 연애시절의 가슴 두근거리는 그 수줍던 마음으로 돌아
갈 수 있다.

"여보, 사랑해요."

"나도 사랑해."

집에서는 부끄러워서 좀처럼 할 수 없었던 말들을 할 수 있는
좋은 기회다. 이것은 부부여행의 즐거움 중 제일 큰 하나이다.

그러나 이것 역시 일상생활을 벗어던졌기에 가능한 말이다.

즐거운 여행을 계획하고 떠난다면 일상생활을 벗어던지고 가라.

처음부터 다시 시작하려면 낡은 것을 버려라

그릇에 새로운 것을 담기 위해서 먼저 낡은 것을 버려라.

회사경영도 그렇겠지만 인생 또한 마찬가지가 아닐까?

4, 50대 중·장년층에 접어든 사람이 전직을 하면 고생한다는 이야기를 자주 듣는다.

전에 있던 회사에서 쌓은 풍부한 경험과 노하우, 그리고 훌륭한 지식과 기능을 새로운 직장에서 한 번 잘 발휘해 보려고 마음을 먹지만 이 덧셈 식 발상이 실패의 원인이 되는 경우가 많다.

전직 회사에는 그 회사만의 방식이 있다. 새 회사의 방식을 빨리 받아들여야 하는데 지금까지 쌓아온 것들이 당당하게 떡 버티고 서서 자리를 양보해 주지 않는다.

"이보게, 우리 회사에의 룰은 이러하니 이렇게 하지 않으면 좀 곤란하네."

"아니, 이렇게 하는 게 더 효율적입니다. 지금까지 있었던 회사는 여기보다 더 큰 회사였습니다. 이거 참, 제가 그 큰 회사에서 부장이었잖아요."

자신이 옳다고 주장하는 것도 모자라 이제는 자랑까지 늘어놓기 시작한다.

한두 번 이런 경우가 자꾸 생기게 되면 전직한 회사에서 잘난 척 하는 골칫거리로 낙인찍혀 동료들과도 점점 멀어지게 되어 결국에는 적응을 못해 스스로 사표를 쓰게 된다.

물론, 가지고 있던 것을 다 잃는 것이 얼마나 불안한지 잘 알고 있다. 정신과에 '배치전환 패닉'이라는 증상이 있다. 말하자면 자신이 쌓아올린 것이 제로가 되는 것에 대한 불안과 공포심을 갖게 되는 질병이다.

본사에서 근무하던 사람이 지방 출장소로 발령이 났다. 지금도 충분히 인정받고 능력 있는 사원으로 상사에게 총애를 받고 있다. 그런 자신이 왜, 그것도 지방 출장소로 발령을 받았는지 이해할 수 없었다. 꿈에도 상상 못했던 일이라 충격이 컸다.

새로운 직장에선 일의 성격이 달라 지금까지 일한 경험이 전혀 도움이 되지 않는다. 인맥도 전혀 없다.

처음부터 다시 시작해야 한다. 회사의 결정이기에 따를 수밖에 없지만 정신적인 스트레스로 인해 일에 집중할 수 없게 되고 일할 의욕마저 사라져 불필요한 사원의 딱지를 붙이게 된다.

이러한 모든 요인에서 오는 불안과 충격을 어떻게 극복해야 하는 것일까?

답은 하나뿐이다.

낡은 것을 과감히 버리는 방법뿐이다.

처음부터 다시 시작해야 한다면 낡은 것부터 과감히 버리자.

나비처럼 껍질을 벗고 날아올라라

　새우나 뱀은 탈피를 하면서 성장 한다. 나비도 아름다운 날개를 펼쳐 하늘로 날아 올라갈 때 비로소 번데기의 딱딱한 껍질을 벗어던진다.

　인간은 어떠할까?

　한 꺼풀 벗는다거나 껍질을 깬다는 말이 있다.

　인간으로서 한 단계 성장하기 위해서는 졸업, 취직, 승진, 전근, 결혼, 출산 그리고 자식들의 독립, 퇴직 등 인생의 전기를 계기로, 우리들 인간은 낡은 껍질을 벗어던지고 한층 더 성숙하며 다시 태어나는 이른바 인간 탈피를 한다.

　인생의 전기를 잘 맞이하여 멋지게 다시 태어나는 사람이 있는가 하면 한편으론 낡은 껍질을 완전히 깨지 못하고 껍질 속에서 버둥거리고 있는 사람도 있다.

앞서 이야기한 전직한 회사에서 고생하는 4~50대나 '패치전환 패닉'으로 고생하는 사람들은 자신의 낡은 껍질을 벗어 버리지 못하고 있는 것이 아닐까.

친구 아들이 사회인으로 첫발을 내디뎠다고 한다. 그러나 여전히 학생 때의 생각에서 벗어나지 못하고 저녁 늦게까지 노느라 다음날 회사에 지각한다.

게다가 단정하지 못한 차림으로 출근하고 조금이라도 싫은 일이 있으면 그만두고 싶다는 말을 입에 달고 산다고 한다. 부모 입장에서 보면 참으로 어이없고 골치 아프다.

어떤 사람은 정년퇴직했음에도 불구하고 열심히 일하던 그 시절의 향수에서 벗어나지 못한 채 이따금씩 일하던 직장에 볼일도 없이 찾아가 후배들에게 상사로서 한마디 해서 귀찮은 존재가 되곤 한다.

또 집에선 손가락 하나 꼼짝 않고 뒹굴뒹굴하는 귀찮은 존재이다.

왜 그럴까?

낡아서 너덜너덜해진 자신의 껍질을 벗어던지지 못한 채 누더기를 벗어버릴 힘마저 상실되어 있다.

우리 껍질을 벗어 훌훌 던져 버리자. 그리고 날아오르자.

낡아서 너덜너덜해진 자신의 껍질을 벗어던져라. 그리고 날아오르자.

4장
평화로운 일상

답답한 마음은 술로 풀지 마라

　'술~은 눈물인가~ 한숨인가~ 마~음의 답답함을 버리~는 곳 인가'라는 대중가요가 있다.

　걱정과 스트레스, 울분과 불안으로 세상사가 싫어지고 침울해 지면 대부분의 사람들은 술의 힘을 빌려 잊어버리려고 한다.

　직장인을 대상으로 앙케트 조사의 '스트레스를 해소하는 방법 은 무엇인가?' 라는 질문에 1위가 바로 술이다.

　그러나 술은 좋은 약이지만 때에 따라서는 독약이 되므로 취 급주의를 해야 한다.

　그리스 아테네의 오이프로스(아테네의 재정가, BC 405~BC

330)가 '술을 마시는 사람의 10단계 변화'라는 재미있는 이야기를 했다.

1단계 사람은 건강하기 때문에 술을 원한다.
2단계 술을 마시면 쾌활해지고 사람에 대한 애정이 깊어진다.
3단계 개방적이 된다.
4단계 잠이 온다.
5단계 큰소리로 떠든다.
6단계 다른 사람을 놀린다.
7단계 자기주장이 강해진다.
8단계 싸움을 한다.
9단계 화낸다.
10단계 광란.

술을 좋아하거나 주사가 있는 사람이 떠오르지 않는가. 이것은 동서고금 공통된 음주 문화의 실태라고 해도 좋겠다.

내가 하려고 하는 말이 무엇인지 벌써 눈치 챘을 것이다. 술로 답답한 마음을 날려버려도 크게 나쁘지는 않지만 그것은 어디까지나 4단계까지다.

가능하면 3단계에서 술잔을 내려놓고 지하철을 타는 동안 기분이 좋아져 집에 도착했을 때에 바로 4단계인 잠이 쏟아져 바로 이불 위로 푹 쓰러져 잠드는 것이 가장 좋다.

5단계 이후는 점점 술의 독성이 강해져 술이 사람을 이기게 된다.

하지만 술의 노예가 되지 않기 위해선 적절하게 술을 통제 하면서 건강한 마음으로 즐거운 생활을 할 수 있도록 운동을 즐기는 것이 좋다.

'술을 마시는 사람의 10단계 변화'를 술을 마시기 전에 생각해보라. 5단계 이후는 점점 술의 독성이 강해져 술이 사람을 이기게 됨을 생각하라. 그리고 5단계 이후의 나를 생각해 보라.

답답함은 웃음으로 날려 보내자

현실에서 도피하기 위한 술은 마시지 마라.

재패니즈 플래시(또는 오리엔탈 플래이시라고도 함)라는 말이 있을 정도로 일본인이 술에 약하다는 이야기는 전 세계적으로 유명하다.

재패니즈 플래시란 술을 마시면 얼굴이 빨갛게 되는 현상을 가리키는데 서양 사람들이 일본 사람들을 가리켜 그렇게 이름 붙였다.

통계자료를 보면 일본 사람의 약 절반 정도가 재패니즈 플래시 현상을 보인다고 한다.

재패니즈 플래시는 간의 알코올 처리능력이 낮아 나타나는 현상으로 이런 사람들은 알코올 중독이 되기 쉽다.

잘 보면 서양 사람들이 와인이나 맥주를 물처럼 마셔도 멀쩡하지만 동양인 사람들이 그렇게 마시면 당장에 알코올 중독이 될 것이다.

이런 말을 들으면 술은 마시지 않는 게 좋을 것 같다는 생각이 더욱 든다.

참고로 일본 소주는 2홉 정도(소주 1병 360ml=약 2홉). 맥주는 500cc 두 잔 정도, 위스키는 더블로 2잔이 일본 사람들에게는 적당한 양인데 더 마시면 그날은 과하게 많이 마셨다고 생각하는 것이 좋다.

그리고 술을 마실 때는 우리 인간의 간은 일주일에 2일은 쉬어야 한다는 사실도 꼭 명심하기를 바란다.

마음이 답답할 때는 술에만 의지해서 풀려고 하지 말라. 술 이외에도 여러 가지 방법이 있다.

• 맘껏 웃어서 풀자.

사람이 긴장하면 뇌에서 노르아드레날린(noradrenaline, 노르에피네프린이라고도 함)이라는 물질이 분비된다.

이 물질이 분비되면 뇌가 마치 뭔가를 뒤집어쓰고 있는 듯한 느낌이 든다.

정확하게 설명하기 힘들지만 여러분 중에도 이런 느낌을 경험했던 사람들이 많이 있을 것이다.

감수성이 예민해지고 바깥세상과 나 사이에 커다란 벽이 서 있는 것 같고 상대방의 말이 귓가에 뱅뱅 돌뿐 마음에 와 닿지 않으며 어딘가에 갇힌 듯한 느낌이 든다.

이런 폐쇄감에서 우리를 해방시켜주는 구세주가 바로 웃음이다.

웃으면 뇌에서 베타 엔도르핀(beta endorphine)이라는 물질이 분비되어 마음을 편안하게 해주고 긴장감을 풀어준다. 또 원인 모를 답답함과 스트레스를 시원하게 풀어준다.

크게 웃어라. 술과 달리 많이 웃어도 건강에는 전혀 해가 없다. 웃음에는 우주의 큰 힘이 있어 답답함과 스트레스를 멀리 날려버리고 때론 기적을 낳기도 한다. 지금 당신의 입가에 미소가 번지고 있다면 당신은 이미 행복하다.

Think about

크게 웃어라. 술과 달리 많이 웃어도 건강에는 전혀 해가 없다. 웃음에는 우주의 큰 힘이 있어 답답함과 스트레스를 멀리 날려버리고 때론 기적을 낳기도 한다. 지금 당신의 입가에 미소가 번지고 있다면 당신은 이미 행복하다.

땀과 감동으로 마음을 가볍게 만들자

마음이 답답할 때는 운동을 하는 것이 큰 도움이 된다.

걷거나 스트레칭, 수영, 테니스, 댄스 등을 통해서 몸을 움직이면 뇌에서 세로토닌(serotonin)이라는 물질이 분비된다.

세로토닌 역시 웃음처럼 마음의 답답함과 스트레스를 풀어 주며 마음을 건강하게 만든다.

• 땀과 함께 씻어 내자.

운동을 하고 난 뒤 땀을 흠뻑 흘린 뒤에 찾아오는 기분 좋은 피로감으로 몸은 무겁지만 마음이 가벼워지는 것을 느낀 사람이 꽤 많을 것이다. 이는 마음에 쌓여 있던 군더더기들이 깨끗하게 청소되었다는 증거이다.

참고로 자살한 사람의 뇌를 조사해 보았더니 세로토닌이 보통 사람보다 훨씬 적었다고 한다.

이 말은 평소에 건포마찰이나 운동하는 습관이 있었다면 자살하는 불상사는 없었을 것이다.

역시 일리 있는 말이다. 외골수로 생각을 깊이 하는 사람은 운동부족이 되기 쉬우며 그래서 마음에 쌓인 괴로움에 어떻게 처리해야 할지 모른다.

평소 운동을 해서 땀을 흘리는 습관을 가지면 인생을 낙천적으로 살아 갈 수 있으며 마음이 힘들어도 끙끙거리며 앓지 않아도 된다.

땀은 마음속 군더더기를 깨끗이 해준다. 땀은 즐거운 마음으로 하루하루를 보낼 수 있게 해준다.

무언가에 푹 빠져서 감동을 하면 걱정 근심은 어느새 눈 녹듯이 사라져 있다.

무언가에 열중하고 감동 받기 위해서 먼저 취미를 가져라. 영화를 보거나 음악이나 소설도 좋다.

어딘가에 몰두해 있는 동안 일상생활의 걱정근심이나 마음속 자질구레한 군더더기는 어디론가 자취를 감추고 마음이 홀가분해진다.

산택을 하다 문득 고개를 들어보니 서쪽 하늘이 붉게 물들어 가고 있다.

"아~! 노을이 참 아름답다"라고 감동의 한 마디를 내 뱉는 순간 답답한 마음이 어느새 시원하게 뻥 뚫릴 것이다.

이 또한 우리들이 흔히 하는 경험이다.

마음을 가볍게 만드는 감동을 더욱 더 많이 느꼈으면 한다.

평소 운동을 해서 땀을 흘리는 습관을 가지면 인생을 낙천적으로 살아 갈 수 있으며 마음이 힘들어도 걱정과 근심을 앓지 않아도 된다. 땀은 마음속 군더더기를 깨끗이 해준다. 땀은 즐거운 마음으로 하루하루를 보낼 수 있게 해준다.

글쓰기를 통해 마음을 정리하자

지금까지 걱정과 근심, 스트레스를 해소하는 방법에 대해서 여러 가지 이야기를 했는데 정말 마지막으로 꼭 하나만 더 말하고 싶다.

이것은 내가 즐겨 쓰고 있는 방법으로 여러분도 한 번 해보았으면 한다.

• 글쓰기로 마음을 정리하자

나는 마음이 안 좋으면 무조건 글을 쓴다.

'이런 일이 있었고 그 사람에게 이런 얘기를 들었고 그래서 너무 싫었다. 정말 싫다. 이렇다 저렇다 등등……' 이렇게 주저리 주저리 글을 써내려 가는 동안 마음은 점점 개운해진다.

'그래. 이런 저런 일이 있었지만 뭐 괜찮아. 난 신경 안 써. 상관없어.'

도대체 무엇 때문일까? 글쓰기는 지금까지 얘기해온 여러 방법과는 달리 마음을 정리하도록 도와주며 답답한 마음을 속 시원히 풀어주는 힘이 있다. 이 힘은 글쓰기에 대한 남다른 애정을 가지게 만든다.

사리분별도 못하는 사람인양 무조건 깨끗하게 치워버리는 것이 좋은 것은 아니다. 자포자기 심정으로 무작위로 치워버리는 것은 화가 나서 술을 마시고 술주정을 부리는 것과 마찬가지다.

도리어 스트레스의 원인이 될 수 있으므로 주의해야 한다.

물건을 버릴 때도 마찬가지다. 책이 산처럼 쌓여 있어서 일하는 장소라 하기보다도 마치 물건을 쌓아두는 창고처럼 되었다고 해서 닥치는 대로 내다버리는 사람은 없을 것이다. 먼저 필요한 것과 그렇지 않은 것을 분류해서 정리한 다음 버린다.

무슨 일이 있었는지, 어떤 느낌이었는지, 어떻게 하려했는지, 자기가 한 일이 남에게 어떻게 받아들여졌는지 등등 논리정연하게 써내려가지 않아도 좋다.

힘든 일, 고민거리, 화난 일을 그냥 생각나는 대로 주욱 열거하기만 해도 마음이 상당히 정리되며 그렇게 써내려가는 동안 벌써 마음속에는 버려야할 것과 그렇지 않은 것이 분명하게 둘로 나뉘어져 있다.

친구에게 귀에 거슬리는 말을 듣고 자존심도 상했을 때, 너무 신경 쓰이지만 글로써 친구와 자신에 대해 써내려가는 사이 친구에게는 악의가 없어지며 단지 자신이 과민 반응했을 뿐이었다는 사실을 깨닫게 된다.

마음속에서 쫓아내야 할 것은 쓸데없는 걱정이지 우정이 아니라는 사실을 알게 된다. 이것이 글쓰기의 좋은 점이다.

친구에게 귀에 거슬리는 말을 듣고 자존심도 상했을 때, 너무 신경 쓰이지만 글로써 친구와 자신에 대해 써내려가는 사이 친구에게는 악의가 없어지며 단지 자신이 과민 반응했을 뿐이었다는 사실을 깨닫게 된다.

스트레스를 풀기 위해 취미를 가져라

"저는 집에서 뒹굴뒹굴 거리며 텔레비전을 보면서 스트레스를 풉니다."

나는 멍하니 텔레비전을 보는 것이 최고의 스트레스 해소법이라는 의견에 찬성할 수 없다. 확실히 몸도 마음도 파김치가 되어 아무것도 할 기력이 없을 때는 멍하니 텔레비전을 보는 것도 좋은 휴양법이 될 수 있다.

그러나 일상적인 스트레스는 아무것도 안 하는 것보다 무언가를 하면서 해소하는 편이 좋다.

이것은 우울증으로 고생하는 사람을 보면 무슨 뜻인지 금방 알 수 있다.

우울증인 사람 중에서 아무것도 하지 않는 유형이 많다.

잘 알다시피, 우울증인 사람들은 대체로 취미도 흥미도 없다. 아무것도 하지 않으므로 취미가 없는 것이 당연하겠지만, 하고 싶은 일이 없어서가 아니라 호기심도 없고, 하고 싶은 일을 찾아보려는 노력도 하지 않는다.

스트레스를 해소하는 데 아무것도 하지 않는다는 것은 아무런 효과가 없다.

텔레비전을 보면서 멍해 있지만 머릿속에는 회사의 일, 원활하지 못한 인간관계 등의 생각으로 꽉 차 있거나 잡생각이 자리 잡아 편한 몸 가운데 머리는 미열에 시달린다.

스트레스를 해소하기 위해서는 마음이 일 쪽으로 향하지 않도록 특별한 장치를 마련해야 한다. 특별한 장치란 바로 '무엇인가를 하는 것'이다.

한가할 때를 대비해서라도 취미는 필요하다.

그러나 만약에 취미를 스트레스 해소에만 이용하고 있다면 아직도 부족하다.

심리학자인 미야기 오토야(일본 심리학계의 거목)는 놀이를 '남에게 강요당하지 않고 다른 목적의 수단이 아니라 자신만을 위해서 하는 행위'라고 정의했다.

취미도 너무 즐거워 틈만 나면 자연스럽게 취미활동을 하게

되고 머릿속에 취미 생각으로 가득해야 즐거운 놀이의 하나가
되어 스트레스 해소에 도움이 된다.

'자, 어디 한 번 스트레스 해소에 좋다는 데 취미라도 가져 볼
까?'라는 불건전한 마음가짐으로는 어림도 없다.

대가를 바라지 않는 취미야 말로 진정한 의미의 스트레스 해
소방법이다.

대가를 바라지 않는 취미야 말로 진정한 의미의 스트레스 해소방법
이다. '자, 어디 한번 스트레스 해소에 좋다는 데 취미라도 가져 볼
까?'라는 불건전한 마음가짐으로는 어림도 없다.

마음으로 스트레스를 잡아라

노동자 의식 조사 결과를 보면 거의 대부분의 데이터에서 공통되는 내용이다.

응답자의 약 10%가 평상시에도 상당히 피곤함을 느끼며 일하고 있다고 한다.

약간 피곤하다고 응답한 사람이 전체 60%로 응답자의 약 70%가 조금씩 차이는 있지만 만성 피로감을 호소하고 있다.

매일 활기차게 보내고 있다고 답한 사람은 단지 20% 정도였다. 이 결과에서 알 수 있듯이 모두들 정신없이 바쁘게 하루를 보내고 있는 듯하다.

그런데 다들 피곤하다는 한 마디로 표현하지만 도대체 무엇이 피곤하다는 말인가.

조사 결과를 살펴보면 육체적으로 피곤하다는 사람보다 정신적으로 피곤하다고 대답한 사람이 훨씬 많다.

특히 정신적으로 피곤함을 느끼는 사람들이 최근 들어 증가하고 있다.

전산화, 정보화, 기계화, 게다가 교통발달로 육체적으로는 그다지 힘들지 않다.

몸이 힘들 때라고는 아침 만원 지하철에 시달릴 때뿐이다. 하지만 지하철에서 내리고 나서부터는 공기조절 설비가 잘 되어 있는 사무실에서 꼼짝 않고 의자에 앉아 일할 따름이다. 육체적 피로라고 말할 정도도 아니다.

반면에 눈이 핑핑 돌 정도로 빠르게 변해가는 시대에 뒤처지지 않으려고, 혹은 어려운 경제 사정으로 인한 중압감으로 정신적으로 피곤해하는 사람들이 많다.

이런 상황은 의사들도 실감한다. "선생님, 위가 안 좋아요. 혈압이 높아요. 목이랑 어깨가 아픈데 잘 낫지 않아요. 몸도 지치고 눈이 침침하고……"라며 육체적 증상으로 병원을 찾는 사람들 중 대부분이 정신적 피로가 쌓이고 스트레스가 원인이다. 특히 한창 신바람 나게 일할 3~40대가 많다.

스트레스의 원인이 우리들 마음속에 있는 병이라면 어떻게 마음먹느냐에 따라 그 불청객인 피곤함을 확실하게 경감시킬 수 있다.

건강음료나 커피를 몇 잔이나 마실 필요도 없으며 담배를 피울 필요도 없다.

피곤함을 풀겠다며 술을 마신다고 해도 휴일 오후까지 내내 잠을 잔다고 해도 자신의 마음가짐으로 바꾸지 않으면 피곤함이라는 불청객은 언제든지 다시 찾아온다.

마음가짐을 바꾸고 싶을 때 과감하게 버리는 힘이 도움이 된다.

116

5장
Well-Being

군살을 빼기 위해 노력하자

건강을 위해서 군살을 빼고 싶다.

비만은 만병의 근원으로 특히 내장에 붙은 지방은 고혈압, 동맥경화, 당뇨병 등과 같은 생활 습관적인 병으로 이어지기 쉽다.

허리 사이즈로 이야기하면 알기 쉬울 것 같다.

남성 중 허리 사이즈가 33.5인치 이상인 사람은 지금 당장 군살을 빼야 하며 건강에 조심해야 한다.

적정 체중을 유지하기 위해서도 노력해야 한다. 어떻게 적정 체중을 알 수 있을까. 적정 체중을 구하는 식은 다음과 같다.

신장(m)×신장(m)×22=적정 체중(kg)

예를 들어 신장이 170cm인 사람이라면

1.7×1.7×22=63.58kg이 적정 체중이 된다.

카우프 지수(신체 질량 지수, BMI라고도 함)도 하나의 기준이 될 수 있다.

체중(kg)/신장(m)×신장(m)=카우프 지수

가령 신장이 170cm로 체중이 75kg이라면,

75/(1.7×1.7)=29.95로, 카우프 지수가 25이상으로 나온 사람은 주의가 필요하며 더불어 비만 방지대책이 필요하다.

참고로 카우프 지수가 18.5이하면 너무 마른 것으로 이 또한 건강에 적신호다.

이렇게 군살을 빼자고 소리 높여 주장하는 나 역시 비만형 인간으로 한 때 다이어트로 호되게 고생했다.

젊었을 때는 나도 날씬하고 멋진 사람이었다. 그런 내가 비만형 인간으로 탈바꿈하게 된 것이다. 그도 그럴 것이 나는 고기를 무척 좋아한다. 게다가 당시는 기름기 많은 것이라면 가리지 않고 먹었다.

한때 고기 섭취 금지 운동을 나름대로 하고 있을 무렵에는 꿈속에 고기가 나와 가위에 눌렸던 적도 있었다.

그런 경험을 한 선배로서 한 마디하고 싶다. 궁지에 몰려서 억지로 하는 다이어트는 실패하기 쉽다.

다이어트에 성공하는 비결은 뭐니 뭐니 해도 즐거움이다. 다이어트도 다 같이 하면 즐겁다.

다이어트에 성공하는 비결은 뭐니 뭐니 해도 즐거움이다. 다이어트도 다 같이 하면 즐겁다.

서로 어울려서 다이어트를 하라

모 여자대학에 다이어트 동아리가 있다는 말을 들었다. 동네 주부들이 다이어트모임을 하고 있다는 이야기도 들었다.

목표는 몸 여기저기 붙은 군살이 마음에 안 들어서 빼야겠다는 사람들이 모여 서로 격려해 가며 다이어트를 하는 것인데 통계를 보면 성공률이 꽤 높고 요요현상도 거의 없으며 적정체중을 유지하는 비율도 높았다.

이 정보는 다이어트를 하려고 생각하는 사람들에게는 좋은 참고가 될 것이다.

'다 같이 하자'가 성공의 비결로, 의지가 약해져 좌절할 것 같을 때 서로의 격려가 힘을 북돋아 줄 수 있다.

게다가 모두 모여 세상 돌아가는 이야기를 하며 시끌벅적 와글와글 신바람 나는 다이어트를 한다면, 마치 수학여행 온 것처럼 즐겁고 또 즐겁기 때문에 힘든 다이어트라도 포기하지 않고 계속할 수 있다.

하지만 혼자서 외롭게 하는 다이어트는 힘들다. 힘들어도 혼자서 참고 버텨 나가지 않으면 안 되니 한층 더 괴롭고 힘들며 마음을 달래주는 친구들이 없어서 실패하든지 아니면 닥치는 대로 마구 먹어서 이전보다 체중이 더 늘어나는 경우도 적지 않다.

얼마 전『외로운 여자는 살찐다』는 책이 베스트셀러였는데 외로운 여자만이 아니라 외로운 남자도 살찐다.

외로운 남자가 살찌는 전형적인 예가 단신부임이다.

식사를 챙겨주는 아내가 옆에 없어서 살이 빠질 것이라고 생각했는데 반대로 살이 찌고 말았다는 이야기를 자주 듣는다.

그 배경에는 외로움이 존재한다.

혼자 쓸쓸히 밥을 먹을 때 주위에 이야기 상대가 없어서 후다닥 빨리 먹게 된다.

때로는 할 일도 없고 따분해서 텔레비전을 보면서 밥을 먹기도 하며 가족과 떨어져 사는 외로움 때문에 자주 폭식하기도 한다.

빨리 먹고 뭔가 하면서 먹고 한꺼번에 많이 먹고 그러다 보면 결국 뒤룩뒤룩 살만 붙는다. 여기에 술까지 마시게 되면 두말할 필요도 없이 살찐다.

가족과의 화기애애한 분위기에서 식사를 할 수 있고 함께 밥 먹는 친구가 있다면 마음의 안정도 찾지만 다이어트에도 큰 효과가 있으니 일석이조의 효과이다.

혼자서 외롭게 하는 다이어트는 실패하기 쉽다. 완벽한 다이어트를 한다면 다 같이 하라.

소욕지족으로 암을 예방하자

국립 암센터 박사의 '암 예방책 12가지'를 소개한다.

① 절대 편식하지 않는다.

② 같은 식품을 여러 번 먹지 않는다.

③ 배부를 정도로 먹지 않고 위의 80%만 채운다.

④ 밤늦게 술을 마시지 않는다.

⑤ 담배를 끊는다.

⑥ 각종 비타민이 골고루 들어있는 음식을 먹는다.

⑦ 너무 짜게 먹지 않는다.

⑧ 너무 뜨겁게 먹지 않는다.

⑨ 식품 곰팡이에 주의한다.

⑩ 일광욕으로 피부를 태우지 않는다.

⑪ 과로하지 않는다.

⑫ 몸을 항상 청결히 한다.

암 뿐만이 아니라 모든 생활 습관병 예방에도 크게 도움이 될 것이다.

이 12가지는 많이 먹고, 많이 마시고, 많이 일 하려는 마음을 버리고 적은 것에 만족하며 그 이상의 것을 욕심내지 않는 소욕지족의 정신을 바탕으로 하고 있다. 욕심을 부리는 것도 지나친 것도 모두 사람의 마음에서 태어난다는 점에도 주목하자.

너무 배가 고파서 많이 먹는 것이 아니라 밑바탕에는 분명히 마음의 문제가 있다. 스트레스를 받으면 먹는다는 말처럼 짜증나서 닥치는 대로 왕창 먹어 포만감을 느끼면 짧은 시간 동안이나마 마음의 안식을 얻게 될지 모른다.

담배도 마찬가지다.

'정말로 끊고 싶은 마음은 굴뚝이지만 도저히 끊을 수가 없어.'

이런 사람은 이미 니코틴 의존증이 아닐까 하는 의심도 들지만 또 한편으로는 어쩌면 스트레스가 원인이 아닐까 하는 생각도 든다.

정신없이 바쁘고 매일매일 중압감으로 어깨가 무겁고 인간관계로 머리가 복잡하다. 이런 것들이 스트레스로 모습을 바꾸어서 마음속에 쌓이고 쌓이니 견디지 못하고 계속 담배에 손이 간다.

끊고 싶다는 생각만으로는 부족하다. 마음속 스트레스를 어떻게든 해소하지 않으면 며칠 금연하다 좌절하고 다시 금연하다 좌절하는 일을 계속 되풀이할 뿐이다.

뭐든지 너무 지나치지 않기 위해서는 스트레스를 먼저 해결해야 할 것이다.

지나친 스트레스로 힘들어 하고 있는 동안에는 제 아무리 암센터 박사라 해도 암 예방 12가지를 실천하기란 어렵다.

많이 먹고, 많이 마시고, 많이 일 하려는 마음을 버리고 적은 것에 만족하며 그 이상의 것을 욕심내지 않는 소욕지족의 정신을 바탕으로 하고 있다.

고난은 행복의 시작이다

버리고 싶지만 버리지 못하는 것이 있다.

도대체 무슨 말을 하는지 고개를 갸우뚱하는 사람도 있겠다.

무슨 말이냐 하면 바로 '병'을 두고 하는 말이다.

"멋진 문구 한 마디 써주세요"라고 부탁을 받으면 나는 주로 '다병식재(多病息災)'라고 쓴다.

일병식재(一兵息災: 한 가지 병을 가진 사람이 그 병을 다스리려고 절제 생활을 하는 덕에 다른 재앙도 막게 된다)를 내 나름대로 패러디하였다.

요즘 같은 시대에서는 한 가지 병(一病)으로 터무니없다는 생각에서 만들어 보았다.

이렇게 말하는 나 역시 무릎 관절 류머티즘, 알레르기, 심부정맥에다 요산성관절염의 증후도 보인다. 이렇게 많은 병을 내 몸에서 모두 깨끗하게 쫓아낼 수 있다면 분명히 생기가 넘치고 상쾌해질 것이다. 그러나 병 때문에 매일 식생활과 건강에 신경을 쓰고 무리하지 않고 적당한 운동을 하고 있다면 더 이상 크게 나빠지지도 않고 더 큰 병도 걸리지 않을 수 있다.

이상한 말로 들리겠지만 '병은 건강의 근원'이다.

병이 있기 때문에 육체적으로 건강하게 살 수 있다고 생각하니 병이 어찌나 사랑스러운지 버리기 아깝다는 생각마저 든다. 사실 병이라는 올가미에서 자유로워지고 싶다고 해서 자유로워질 수 없기 때문에 울며 겨자 먹기로 스스로를 이해시키려는 의도에서 하는 말이다.

병을 고통이라 여기고 집에만 틀어박혀 있거나 때로는 자살을 생각하는 사람마저 있다. 그런 사람들을 보면서 우리 자신을 힘들게 만드는 것은 병이 아니라 '병은 곧 괴로움이며 고통'이다. 라고 단정 지어 버리는 사람의 마음이 아닐까 생각한다.

병 덕분에 별다른 재난과 고난 없이 지내고 있다고 생각할 수 있다면 병 정도는 고생도 아니며 잘만 하면 서로 협력해서 아주 잘 살아갈 수도 있다.

버려야 한다면 병이 아니라 '병은 곧 괴로움이며 고통'이라는 마음가짐이다. 병은 인생의 큰 결점이 되기도 하지만 긍정적으로 다시 한 번 생각해 보면 다병익재가 삶의 방식이 될 수도 있다. 인생을 살다보면 힘든 일도 있고 슬픈 일도 있다. 그러나 힘들고 슬픈 일들이 자신에게 어떤 형태로든 도움이 되고 있다는 사실을 받아들인다면 힘들어도 슬퍼도 웃으면서 살아갈 수 있다.

어떻게 생각하느냐에 따라 천국이 되기도 하고 지옥이 되기도 한다. 괴로움은 행복의 시작이다.

어떻게 생각하느냐에 따라 천국이 되기도 하고 지옥이 되기도 한다.

인생을 살다보면 힘든 일도 있고 슬픈 일도 있다. 그러나 힘들고 슬픈 일들이 자신에게 어떤 형태로든 도움이 되고 있다는 사실을 받아들인다면 힘들어도 슬퍼도 웃으면서 살아갈 수 있다.

과도한 스트레스는 생명력을 약하게 만든다

적당한 스트레스는 생명력을 단련시키지만 과도한 스트레스는 반대로 삶의 원동력을 갉아먹는다.

어디까지가 적당한 스트레스이고 어디서부터가 과도한 스트레스인지 그 경계선을 확실하게 설명하기란 참 어렵다. 그 기준을 참고하기 바란다.

- 쉽게 잠을 못 잔다. 한밤중에 눈을 뜨면 다시 잠들기 힘들다.
- 아침에도 몸이 노곤하다. 몸이 말을 듣지 않으며 세수하고 옷을 입는 데 시간이 걸린다.

- 식욕이 없거나 과식을 한다. 뭘 먹어도 맛이 없다.

- 술로 기분을 풀어보려고 하지만 맛을 음미하기보다 그냥 벌컥벌컥 들이 마신다.

- 어깨가 결린다. 등의 근육이 딱딱하게 굳어 몸이 무겁고 의욕이 안 생긴다.

- 머리가 무겁다. 뇌를 짓눌리고 있는 느낌이 들며 두통이 있다.

- 가끔 현기증이 나며 귀에서 윙윙거리는 소리가 들린다.

- 신경을 쓰면 가슴이 두근거린다.

- 최근 일인데도 기억이 나지 않으며 건망증으로 실수가 잦다.

- 이유 없이 짜증이 나고 항상 쫓기고 있는 듯하다.

- 매사에 집중할 수 없다. 생각의 정리가 잘 되지 않는다.

- 회로애락의 감정기복이 심하며 사소한 일에도 마음의 동요가 심하다.

- 자신감이 없고 불안하며 미래에 대해 비관적이다.

- 즐기지도 못하고 웃지도 못하고 흥미조차 안 생긴다. 텔레비전이나 신문을 볼 기력도 없다.

- 피로를 풀기 위해 휴가를 받고 싶지만 휴가신청을 낼 기력이 없다.

- 자신만 고생하고 있다고 느낀다. 다른 사람은 무책임하다는 생각에 화가 치민다.
- 울분을 혼자서 속으로 삭히려고 한다. 말하고 싶지만 말 할 수 없다.
- 전과 다르게 남들이 자신을 어떻게 보고 있는지 신경이 쓰인다.
- 이성에게 흥미가 없어졌다.
- 인간관계가 피곤하게 느껴지며 혼자 있는 시간이 많아졌다.

이 중에서 세 개 이상 해당되면 스트레스가 약간 심각한 상태이고 5개 이상이면 상당한 스트레스가 쌓여 있어 심각한 상태라 할 수 있다. 이런 사람은 느긋하게 휴식을 취해야 한다.

스트레스를 풀기 위해서는 숙면을 편안하게 취하고, 항상 긍정적인 마인드로 인간관계를 가지고 여행을 떠나라.

나이들수록 자신의 일을 챙겨라

나이를 먹으면 마음이 점점 외로워진다.

효성이 깊고 듬직한 자식들과 토끼 같은 귀여운 손자들에 둘러싸여 행복한 나날을 보내고 있지만 왠지 외롭다. 이런 기분은 늦든 빠르든 누구라도 경험하게 되며 물론, 서서히 다가오는 죽음도 이 외로움에 한몫 거든다.

이 외로움 때문에 자신도 모르게 자식들에게 어리광부리고 싶어진다.

나이가 들면 몸이 안 좋아지는 것이 당연하지만 어떤 이들은 어리광을 부리고 싶어서 좀 더 다독거려줬으면 하거나 혹은 관심을 끌고 싶다며 거의 본능적으로 병에 걸려 버리는 사람도 있다.

며느리가 외출하려고 하면 이렇게 말한다.

"오늘 외출하니? 나 혼자 집 지키고 있으라고? 얘야, 나 몸이 좀 안 좋구나. 혈압이 좀 높은 것 같아. 중요한 볼 일이겠지만 집에 있으면 안 될까? 그렇게 해 주면 좋겠는데……."

악의가 있는 것도 아니고 거짓말을 할 생각은 조금도 없다. 그리고 혈압도 정상이고 아픈 곳도 없지만 아이들이 부모의 관심을 끌려고 우는 것처럼 정말 몸이 안 좋다고 말한다.

할아버지와 할머니라 불리는 나이가 되면 주위 사람들이 참 친절히 대해준다. 지하철을 타면 좌석을 양보해 주고 식사 준비도 대신 해주고 더욱이 세탁이나 쇼핑도 대신 해 준다.

뭐든지 다 해줘서 더욱더 다른 사람들에게 어리광을 부리기 쉬워진다. 그러나 나는 노인은 절대로 어리광을 부려서는 안 된다고 내 스스로를 다스리고 있다.

노인이라고 나이가 들어 힘없이 멍하게 있는 것이 아니라 적당하게 긴장하고 활기차게 살아가기 위해서 어리광만은 부리지 말자고 다짐한다.

내 일은 내 스스로 하고 남에게 기대지 않겠다는 마음 씀씀이가 나이가 들어서도 젊게 살 수 있는 비결이다.

다른 사람들에게 기대고 어리광부리는 습관이 붙어버리면 눈 깜짝할 새에 늙어버리므로 조심해야 한다.

혼자서 할 수 있는 것은 혼자서 해라.

내 일은 내 스스로 하고 남에게 기대지 않겠다는 마음 씀씀이가 나이가 들어서도 젊게 살 수 있는 비결이다.

나이들 수록 더 많이 움직이자

　나이가 들었다면 남에게 어리광을 부리려는 소극적인 마음은 버리고 적극적으로 살아가는 것이 좋다.

　유학자인 사토 잇사이는 이런 말을 했다.

　"어릴 때 배우면 청년시절에 유익하다. 청년시절에 배우면 늙어서 늙지 않으며 늙어서 배우면 죽어서 썩지 않는다."

　사람은 일생동안 배워야한다는 의미다. 하고 싶은 일은 하고, 배우고 싶은 것을 배우고자 한다면 노후가 되어서도 좋을 것이다.

　호강할 생각만 없으면 돈을 벌려고 아득바득 일할 필요도 없으니 시간도 충분히 많다.

머리를 복잡하게 만드는 인간관계를 걱정하지 않아도 된다.

회사에 다닐 때는 성격이 맞지 않더라도 그 나름대로 좋은 관계를 유지해야 했지만 은퇴를 하고 난 후에는 사귀고 싶지 않으면 굳이 애써 사귀려 들지 않아도 된다.

번거롭고 귀찮은 일로부터 해방되어 자유롭게 있을 수 있는 멋진 노후를 멍하게 보내버리면 너무 아깝지 않은가.

나이가 들어서 머리가 희끗희끗 해졌을 때 더욱 적극적으로 인생을 개척해 나가야겠다는 생각이 든다.

나이가 들어서 인생을 새롭게 개척하고 도전해 나가는 편이 왠지 더 즐거울 것 같아서다.

마지막으로 내가 평소에 치매에 걸리지 않으려고 노력하고 있는 3가지를 소개한다.

① 머리를 쓴다.
② 손을 움직인다.
③ 흥미를 가진다.

이 3가지는 노인에게 효과 있는 머리 체조이다. 근육과 마찬가지로 머리도 적당히 운동을 하지 않으면 점점 쇠퇴한다.

머리가 쇠퇴하면 제일 먼저 의욕이 감퇴되어 뭘 하고 싶은지 모르게 되며 설사 하고 싶은 일이 머릿속에 그려졌다고 해도 몸이 말을 듣지 않는다.

다시 말해 적극적인 마음을 잃어버리고 만다.

나이가 들었으니 더 많이 움직이자! 언제까지나 이런 기분으로 살아가자.

평소에 치매에 걸리지 않으려고 노력하고 있는 3가지를 소개한다.

① 머리를 쓴다. ② 손을 움직인다. ③ 흥미를 가진다.

『양생훈(養生訓, 1713년 출간. 생활 마음가짐 소양에 관한 책)』을 쓴 카이바라 에키켄(에도시대 본초학자, 유학자)은 몸과 마음의 건강을 위해서 칠정(七情)을 버리라고 말한다.

① 잘난 척 한다.

② 화를 낸다.

③ 우울해 한다.

④ 너무 많이 생각한다.

⑤ 슬픔에 빠진다.

⑥ 불필요하게 두려워한다.

⑦ 동요한다.

이 7가지 감정을 버리면 마음이 편안해지고 부드러워지며 기력이 붙어서 즐겁게 오래오래 살 수 있다고 한다.

바꿔 말하면 '될 대로 되라'는 마음이 중요하다는 의미다.

A라는 박사는 사단법인 회장직을 맡은 적이 있었다. 그러나 A씨는 정말 하고 싶지 않은 직함이었다. A씨는 회사 일로도 바쁜데 사단법인의 회장직까지 맡게 되면 틀림없이 바쁜 날들이 될 것이었다. 그래서 추천을 받았지만 도망만 다니는 형편이었다.

그러나 결국에는 더 이상 도망갈 수 없어 받아들였다.

예상대로 지옥과 같은 나날이었다. 잠을 잘 시간이 없을 정도로 바쁘고 여기저기에서 받는 중압감과 스트레스로 직장인들의 출세 우울증과 비슷한 증상이 보이기 시작했다.

회장취임 때 마음먹었던 '뭐, 될 대로 돼라!'는 마음을 떠올리니 우울증도 그럭저럭 극복할 수 있었으며 잘난 척 한다고 빈축을 살 일도 없었다.

사단법인 회원 중 누군가가 "회장은 지도력이 부족해"라며 뒤에서 험담을 할 때도, 내 뜻대로 일을 추진해 나갈 수 없었을 때도, 일찌감치 차기 회장직을 노리는 움직임이 있었을 때도, 화를 내거나 다시 우울해지거나 고민하고 슬퍼하거나 마음이 동요되는 일은 없었다. 그렇게 해서 우울증을 피해 갈 수 있었다.

에키켄은 "자신의 힘으로 어찌할 수 없는 일은 하늘에 맡기면 된다. 그 일에 대해서 마음을 힘들게 하는 일은 어리석은 일이다"라고 했다.

'될 대로 돼라'라는 마음으로 모든 일을 하늘에 맡겼기 때문에 사단법인 회장직을 맡았던 몇 년 간 A씨는 안심하고 맡은 일을 해나갈 수 있었다.

"자신의 힘으로 어찌할 수 없는 일은 하늘에 맡기면 된다." 그 일에 대해서 마음을 힘들게 하는 일은 어리석은 일이다.

우울증 극복

셀프 카운슬링으로 마음을 상쾌하게

셀프 카운슬링이란 혼자서 할 수 있는 자기 발견법, 자가진단을 말한다.

- 이유 없이 짜증을 멈출 수 없을 때가 있어 곤란하다.
- 특별히 중요하지도 않는데 이상하게 안절부절 못한다.
- 조그만 일로 감정이 폭발한다.

이런 자각증상이 있다면 꼭 셀프 카운슬링을 해보라.

셀프 카운슬링이란 자기 자신을 잘 살펴 문제를 해결하는 일이다.

왜 짜증이 나는지, 왜 안절부절 못하는지, 왜 감정적이 되는지 그 이유를 찾기 위해서 자문자답하는 일이다.

카운슬링이란 전문 카운슬러와 대화를 통해서 이루어지기도 하지만 일부러 시간을 내어 카운슬러를 만나러 가기에는 시간도 들고 수고도 하게 된다.

또 모르는 사람 앞에서 마음속 이야기를 꺼내 놓자니 뭔가 석연치 않기도 하다.

자문자답이라는 형식으로 진행되는 셀프 카운슬링은 때와 장소를 가리지 않고 자신이 하고 싶은 만큼 할 수 있다.

또한 이것을 습관처럼 정기적으로 해나간다면 매일 마음의 건강을 유지하는데 큰 효과가 있다.

말하자면 매일 스트레칭·체조·심호흡을 하는 것과 같다. 그 정도 일로 얼마나 효과가 있겠냐며 의심하는 사람도 많겠지만 그런 사람은 분명 작심삼일 마니아다.

매일 꾸준히 하면 혈압이 안정되고 자율신경 기능도 좋아진다는 효과가 확인되었다.

그래서 셀프 카운슬링도 짧은 시간이라도 매일 꾸준히 하는 것이 중요하다. 하루 24시간 중 10분, 아니 5분이라도 자기 자신을 잘 살펴 고쳐나가는 시간을 만들기 위해 노력하자. 가능하면 아무도 없는 곳에서 혼자 자문자답을 해 보도록 하자.

사는 것이 힘들고 괴롭다면 마음속에 쌓인 스트레스가 무거워져서이다. 그렇게 되기 전 마음을 정리하여 사는 것에 즐거움을 선사하자.

매일 마음이 상쾌하다면 바쁜 날이 얼마간 계속되더라도, 혹은 중압감을 느끼더라도 스트레스가 쌓이는 일이란 없다. 매일 마음을 정리한다면 틀림없이 스트레스도 매일 해소되는 원리를 터득하게 된다.

지금 사는 것이 힘들고 괴롭다면 마음속에 쌓인 스트레스가 많이 무거워져 있다. 무거워진 마음을 버리고 정리한다면 사는 것이 즐거워진다.

3가지 히스테리의 원인에 대해서

　셀프 카운슬링을 하는 습관을 가지고 있는 사람은 짜증이라는 말을 모르고 하루하루를 마음 편안하게 살아가고 있다.

　이제부터 시작하고 싶다는 사람을 위해서 몇 가지 도움이 되는 말을 해두자.

　마음이 안절부절 못하거나 짜증이 나는 상태를 전문용어로 '히스테리 상태'라고 한다. 히스테리 상태가 심각한 사람의 특징은 다음과 같다. 읽다 보면 아마 몇몇의 얼굴이 여러분들의 뇌리를 스쳐 지나갈 것이다.

　• 무슨 일이든 자기중심적이다. 자신의 언행이 다른 사람에

게 어떤 영향을 주는지 신경 쓰지 않는다.

- 남에게 뒤처지거나 남보다 늦게 하는 것을 싫어한다.
- 욕심이 많다. 갖고 싶은 것이 있으면 못 참는다.
- 화려한 것을 좋아한다. 눈에 띄고 싶어 하며 허세를 잘 부리고 거짓말을 자주 한다.
- 사람의 싫고 좋음이 너무 분명하다. 남과 자주 충돌한다.
- 항상 스트레스를 안고 산다. 스트레스를 해소할 방법이 없다.

여기서 착각하지 말아야 할 것이 있다. 히스테리라 하면 여성의 전유물이라 생각하기 쉽지만 히스테리를 부리는 남자도 드물지 않다. 그 증상을 나타내는 사람은 다음과 같다.

- 직장에서 큰 소리로 고함을 치고 별일도 아닌데 부하들을 호통 치는 상사.
- 별로 중요하지 않은 일로 거래처 사람을 불러서 화내는 사람.

이런 사람들도 아주 훌륭한 히스테리 증상을 보이고 있다.
한 가지 더, 천성적으로 히스테리 증상을 쉽게 보이는 사람도 있지만 보통 온화한 사람이라 하더라도 상황에 따라 히스테리 증상을 보이는 경우도 있다. 그 경우는 다음과 같다.

- 자신의 출세가 걸린 큰일을 하게 되어 엄청난 중압감에 힘들어 하고 있다.
- 경쟁관계에 있는 회사와의 수주 경합에서 절대로 질 수 없다.
- 바쁜 날이 지속되어 마음이 축 가라앉아 있다.

이런 상황이라면 누구라도 자기중심적이 되고 경쟁심과 욕심, 허영심을 부리며 스트레스가 쌓여 조그만 일로도 다른 사람과 충돌한다.

"뭐? 그 사람이 부장과 싸웠다고!"

여러분도 한 번쯤은 동료의 행동에 놀라고 당황스러운 복잡한 기분이 들 때가 있었을 것이다. 아마 그 당시 동료는 히스테리 증상을 보이는 상황에 빠져 있었을 것이다.

히스테리가 심각한 사람의 특징

- 무슨 일이든 자기중심적이다. 자신의 언행이 다른 사람에게 어떤 영향을 주는지 신경 쓰지 않는다.

- 남에게 뒤처지거나 남보다 늦게 하는 것을 싫어한다.

- 욕심이 많다. 갖고 싶은 것이 있으면 못 참는다.

- 화려한 것을 좋아한다. 눈에 띄고 싶어 하며 허세를 잘 부리고 거짓말을 자주 한다.

- 사람의 싫고 좋음이 너무 분명하다. 남과 자주 충돌한다.

- 항상 스트레스를 안고 산다. 스트레스를 해소할 방법이 없다.

히스테리의 처방전에 대해서

셀프 카운슬링을 하는 동안 앞서 이야기한 히스테리를 일으키기 쉬운 상황을 염두에 두면서 다음 내용에 자문자답하기를 바란다. 최근 당신은 어떠한가.

- 너무 자기중심적이지는 않은가. 주변 일을 생각하면서 행동하고 있는가.
- 남은 끄집어 내리는 일에 혈안이 되어 있지는 않은가. 제대로 협조를 하고 있는가.
- 지나치게 욕심을 내고 있지는 않는가. 지금의 자신에게 필요하지 않는 것을 갖고 싶어 하지는 않는가.

- 시시한 허영심에 얽매여 있지 않은가.
- 기분에 따라 사람을 판단하고 있지 않는가. 편애하고 있지 않는가.
- 스트레스를 해소하기 위해서 무엇을 하고 있는가.
- 이렇게 자문자답을 해가는 동안, 지금 왜 기분이 나쁘고 나의 마음이 안절부절 못한지 그 원인을 알 수 있다.

또한 히스테리를 일으킬 만한 상황을 생활 속에서 만들지 않도록 방법을 강구하는 일도 중요하다. 히스테리를 일으킬 만한 상황을 피해가는 데에는 '버리는 힘'이 도움이 될 듯하다.

- 자기중심적인 성격을 버리기 위해서 사랑하는 가족과 시간을 보낸다.
- 경쟁심을 버리기 위해서 여러 가지 삶의 방식이 있다는 사실을 배워둔다.
- 욕심을 부리는 마음을 버리기 위해서 소욕지족을 마음에 새긴다.
- 허영심을 버리기 위해서 한 달에 한 번 좌선 모임에 나가 마음을 정화시킨다.
- 사람을 좋다 싫다 판단하지 않기 위해서 어떤 사람에게서

도 장점을 발견할 수 있는 눈을 키운다.

• 스트레스를 해소하기 위해서 일과 관계없는 취미를 만든
  다.

여러분 나름대로 이러한 일을 해보라.

일, 일을 외치는 3~40대 회사원이나 관리직을 맡게 된 커리어 우먼 같은 사람들은 늘 히스테리 상태에 있다고 해도 과언이 아니다.

스트레스라는 말의 어원을 알고 있는가? 스트레스는 옛 프랑스어로 '열심히 한다'는 뜻이다.

열심히 하는 것도 좋지만 어쨌든 '무엇이든지'라거나 '절대로 해야 한다'라든지 '죽도록 열심히 한다'는 마음은 어딘가에 버리면 정말 좋겠다.

스트레스는 옛 프랑스어로 '열심히 한다'는 뜻이다.

열심히 하는 것도 좋지만 어쨌든 '무엇이든지'라거나 '절대로 해야 한다'라든지 '죽도록 열심히 한다'는 마음은 어딘가에 버리면 정말 좋겠다.

균형 잡힌 에고이즘을 가져라

언뜻 보면 버리는 것이 좋다고 생각하기 쉽지만 사실 버리지 말아야 하는 것이 바로 에고이즘(Egoism. 이기주의)이다.

에고이즘은 삶의 원동력이다. 좋은 음식을 먹고 싶다거나 행복해지고 싶다는 마음. 그리고 이를 위해 열심히 살자는 생각. 그리고 자기다운 삶의 방식을 추구하고 싶다는 생각도 에고이즘이라고 할 수 있다.

이 에고이즘을 버리게 된다면 버리는 동시에 살아갈 원동력도 잃고 만다. 사람이 살아가는 데에 에고이즘은 필요하다.

물론, 에고이즘을 있는 대로 전부 드러내 보이는 삶의 방식은 좋지 않다. 에고이즘 수위를 어떻게 조절해서 주위와 균형을 맞추어 가는 지가 중요하다.

케케묵은 말이지만 주위와 균형을 이루는 것을 중용(中庸)이라 한다. (中)은 한쪽으로 치우치지 않으며 편안한 마음을 갖춘다는 의미이다. 바꿔 말하면 이렇다.

'극단적으로 말하거나 행동하기 때문에 마음이 허전하고 불안정하다. 자신이 걸어가는 인생의 길에서 너무 한쪽으로 치우치지 말고 편안한 마음으로 살아가자.'

에고이즘에 대해서도 마찬가지이다. 극단적인 에고이즘도 좋지는 않지만 에고이즘을 몽땅 다 버리고 하나님이나 부처님과 같은 존재가 되려고 하는 것도 무리다.

에고이즘을 버리고 종교에서 말하는 '희생을 감내하고서라도 인간을 위해 모든 것을 바친다', '사리사욕을 버리고 모든 사람을 평등하게 대한다'라고 하면 듣기는 좋겠지만 우리 같은 보통 사람들에게는 이런 삶을 살아라 한다면 큰 고통이 된다.

편하게 살자고 하는 마당에 일부러 고통스러운 일을 하려고 나선다니 좀 이상하다. 에고이즘으로 철저히 무장해서도 안 되고 에고이즘을 완전히 버려서도 안 되며 중용이라는 틀 안에 맞추어 그 안에 넣어 두기를 바란다. 에고이즘을 중용의 틀 안에서 잘 조절하기 위해서는 감사하는 마음이 필요하다.

인간은 혼자 힘으로 살아가는 것이 아니라 여러 사람과 더불어 살아가고 있다. 이에 감사하는 마음을 갖는다. 항상 다른 사람에게 감사하며 살아가는 마음이 균형 잡힌 에고이즘을 실현시킴을 알아야 한다.

다른 사람에게 감사하며 살아가는 마음이 균형 잡힌 에고이즘을 실현시킨다.

행복은 스스로 만들어 가는 것

사람은 제각각 사고방식이나 생활 기준이 다르므로 A씨의 행복, B씨의 행복, C씨의 행복은 있지만 이를 뭉뚱그려 '사람의 행복'이라 정의할 수는 없다.

수입은 적지만 행복하게 살고 있는 사람들은 많다.

3평 남짓한 아파트에서도 알찬 나날을 보내며 생활하고 있는 사람도 있다.

이렇게 이야기를 하다 보면 문득 어떤 생각이 머리를 스쳐지나간다.

'행복이란 도대체 무엇인가?' 한 가지는 말할 수 있다. '행복이란 스스로 만들어가는 것'이다. 남이 행복하다고 느끼는 것이 반드시 자신의 행복으로 이어진다고 말할 수 없다. 자신이 행복하다고 느낄 수 있는 것이 바로 자신의 행복이다.

우리는 의식적으로 '행복이란 무엇인가'라는 물음의 답으로 명품, 출세, 부자와 결혼, 좋은 차…… 등과 같은 잡다한 단어를 떠올린다. 행복이라는 말에 잡념이 너무 덕지덕지 많이 달라붙어 있다.

이것들은 A씨, B씨, C씨의 행복일지는 모르지만 여러분의 행복은 아니다. 여러분의 행복은 이들과는 다른 특별한 무엇이라고 생각한다.

남의 행복을 따라가기 보다는 확고한 의지를 가진 나만의 삶의 방식이 여러분의 행복을 찾아내는 요령이다.

T h i n k   a b o u t

확고한 의지를 가진 나만의 삶의 방식이 여러분의 행복을 찾아내는 요령이다.

우울할 때 중대한 결심을 하지 마라

왠지 모르게 회사를 그만 두고 싶다는 기분이 들 때가 있다. 지금 다니는 회사를 당장 그만두고 싶을 정도로 불만은 없으며 다른 회사에 파격적인 조건으로 스카우트 제의를 받지도 않았다.

그냥 왠지 모르게 다니기 싫다는 생각이 든 적이 있을 것이다. 하지만 이럴 때는 주의를 해야 한다.

주위에 있는 지인들에게도 비슷한 이야기를 자주 듣는다.

"그만 두고 싶은데 어떻게 생각하세요?"

나는 그 자리에서 바로 대답한다.

"그만둬서는 안 됩니다."

왠지 모르게 그만두고 싶어졌다는 생각은 마음이 우울증으로 향해 가고 있을 때 슬그머니 고개를 드는 심리이다.

이 같은 실미는 회사를 그만둔다는 상황에만 국한되는 것은 아니다.

왠지 모르게 아내와 헤어지고 싶어졌다든지, 왠지 모르게 아는 사람이 아무도 없는 새로운 곳으로 이사를 가고 싶어졌다든지, 있는 돈을 다 털어 투자한다든지, 몇 천 만원 어치 쇼핑을 한다든지 하는 경우를 보면 우울증을 향해 가고 있는 경우가 대부분이다.

우울증 상태에 있을 때에 그만 둔다든지 헤어진다든지 큰돈을 쓴다든지 하는 결심을 하면 나중에 어떻게 될지 불 보듯 뻔하다. 틀림없이 후회한다.

'그 때 내가 왜 그랬지? 미쳤었나봐. 내가 어디에 홀렸나봐. 어떻게……!'

내가 그만 두어서는 안 된다고 대답하는 이유는, 그만 두고 싶다고 말하는 사람은 단지 기분 전환을 하고 싶다고 생각하고 있을 뿐이기 때문이다.

'회사를 그만 두면 이 우울한 기분이 밝아지고 정신적으로 편해지지 않을까?'

'생기발랄하고 활기찬 그 때로 돌아갈 수 있지 않을까?' 하고 고민한 결과겠지만 무엇보다도 회사를 그만 둔다고 해서 우울한 기분에서 벗어나 예전처럼 돌아가지는 않는다.

우울한 기분에서 벗어나면 분명 또 다시 땅을 치고 후회한다.

'아, 나는 왜 바보 같은 일을 저질렀을까!'

이것이 우울증의 두려운 후유증으로 단지 기분전환을 하고 싶다는 작은 이유로 회사를 그만 둔다든가 아내와 헤어진다든가 하는 인생에서 중대한 일에 대한 결단을 내려버린다.

게다가 그 당시에는 자기 나름대로 이유도 잘 만들어 그만 두는 것이 '최선의 선택'이라고 믿는다. 주위 사람들이 보면 참으로 얼토당토 않는 이유이지만 당사자는 절대로 무조건 자신이 옳다고 착각하고 결단을 내린다.

중대한 결단은 마음이 건강하고 생생하게 살아 있을 때 하는 것이 좋다. 그러기 위해서도 셀프 카운슬링이 필요하다.

중대한 결단은 마음이 건강하고 생생하게 살아 있을 때 하는 것이 좋다.

우울할 때는 운동으로 땀을 흘려라

우울증이 얼마나 무서운지 조금 더 이야기해 보자.

남의 집에 방화를 해서 경찰에 체포당한 사람이 주로 이렇게 말한다.

"너무 화가 나서 불이라도 지르면 속이 시원할 것 같았다."

나는 이 말이 거짓이 아니라고 생각한다.

그러나 제 3자에게는 코웃음이 나올 정도로 바보스러운 일이라는 생각밖에 들지 않는다.

화가 나는 마음을 폭발시켜 운동을 해서 땀을 흘린다거나 술을 마신다거나 노래방에 가서 노래를 한다거나 얼마든지 다른 방법이 많이 있다. 왜 하필이면 남의 집에 불을 질러야 했는가.

그런 일을 저지르면 어떻게 될지 상상도 못했을까? 남의 생명을 위험에 빠뜨리게 되며 경찰에 잡혀 결국 자신의 미래도 없어진다.

3살 먹은 아이도 알만한 일을 본인도 모른다. 앞뒤 옆도 보지 않고 그냥 그대로 달려가 큰일을 저질러 버린다.

자살도 마찬가지다. 스스로 마음을 다스리지 못하고 '막연한 불안' 때문에 죽는다는 것이다.

남들은 '막연한 불안이라는 별 대수롭지 않은 이유 때문에 죽는다니 사람이 죽어야 하는 이유란 그리 특별하지 않네. 죽으면 모든 것이 끝이잖아'라고 생각한다.

하지만 우울한 사람은 보통 사람들과의 생각과는 조금 다르다. 프로이트(Sigmund Freud, 오스트리아 신경과의사, 정신분석의 창시자)는 '자살로의 충동'이라고 했지만 '막연한 불안'에서 벗어나고 싶다는 강박관념 때문에 충동적으로 죽음을 향해 달려가 버린다.

무언가를 버리는 결단을 내릴 때도 주의해야 한다. 스트레스나 근심걱정을 버리는 것은 좋지만 앞으로의 인생에 관계되는 중대한 일을 그만 두고자 할 때 우울한 상태에서 결단을 내려서는 안 된다.

한 가지 착각에 사로잡혀 잘못된 판단을 하는 경우가 많다. 내 경험으로는 가벼운 우울증일 때는 운동을 해서 땀을 흘리는 것이 가장 좋다. 산책 정도의 가벼운 운동도 충분하다. 몸을 움직여 머리를 텅 비게 해서 좌우지간 쓸데없는 생각을 하지 않도록 만든다.

땀을 흠뻑 흘리고 나서 술을 한잔 하든지 술을 못 마시는 사람은 좋아하는 영화라도 보든지, 그러고 나서 잠을 푸욱 자는 것이 좋다. 조금 심각한 우울증이라면 집에서 휴식하는 것이 좋다. 판단력이 둔해 있어 외출할 경우에는 교통사고를 당할 위험도 있다.

만약 자신의 기분을 스스로 조절하기 힘들다고 느낀다면 정신과를 방문해 도움을 얻기를 바란다.

T h i n k   a b o u t

한 가지 착각에 사로잡혀 잘못된 판단을 하는 경우가 많다. 산책 정도의 가벼운 운동도 충분하다. 몸을 움직여 머리를 텅 비게 해서 좌우지간 쓸데없는 생각을 하지 않도록 만든다.

과거에 집착하지 마라

지금 텔레비전에서 활약하고 있는 탤런트나 배우들 중에 스캔들 한 번 없었던 사람이 몇 명이나 있을까? 구체적인 이름은 말하지 못하지만 과거를 들추어 보면 한두 번 정도의 상처는 있다.

불륜, 빚, 폭력사건, 소속사와의 분쟁, 지저분한 인간관계, 사기, 어떤 의심스러운 단체의 전속 광고모델이라든지 하는 이야기가 떠돈다.

"맞아 그래. 그렇게 얘기하니까 그러네. 10년 전, 그 사람 왜 그 일로 신문과 텔레비전에서 난리였잖아."

그러나 이런 얘기들은 얘기를 꺼내니 생각이 날 뿐 평소에는 전혀 생각도 나지 않는다.

시청자들도 잊고 있지만 당사자인 본인도 그런 일이 전혀 없었다는 듯 천연덕스럽게 활동하고 있다.

그렇게 당당하게 활동하는 것은 과거를 버리는 힘이 없으면 불가능하다.

비난의 표적이 되고 언론에서는 사생활까지 전부 들추어서 이런저런 얘기를 보도하고 연예부 담당기자들은 집까지 쳐들어와 사진을 찍어댄다.

게다가 이런 사람들이 잡지에 나오면 재판으로까지 가는 경우도 볼 수 있다. 이것으로 연예계 활동에 절대 절명의 위기가 닥치고 만 것이다.

사태가 이쯤 되면 보통 사람이라면 노이로제로 치료를 받거나 입원을 했을지도 모른다.

그러나 연예인들은 폭풍이 한차례 지나가고 나면 아무렇지도 않게 또 다시 활동을 계속해 나갈 수 있다니 과거를 버리는 힘이 상당하다. 물론, 나는 연예인들의 버리는 힘을 지금 칭찬하고 예찬하고 있다.

내가 이렇게까지 이야기하는 것은 실패하고 좌절한 후 다시 일어서지 못하고 불행한 인생을 걷고 있는 사람들을 위해서다.

과거를 버려라. 당신에게 무한한 행복이 찾아올 것이다.

노이로제이든 우울증이든 간에 과거에 대한 지나친 구애와 집착 때문이다.

우리들 마음을 불안정하게 만드는 것 중에는 미래에 대한 불안과 과거에 대한 후회가 있다. 우울증 환자에게는 압도적으로 후자 쪽이 많다.

과거에 집착하는 사람은 병세가 좋아져도 또 다시 발병하는 경우가 자주 있다.

과거에 집착하지 않는 연예계 사람들이 가진 '버리는 힘'의 원천은 어디에 있을까? 그들은 과거의 아픈 상처보다는 수많은 팬들이 그들에게 성원을 보내고 있다는 점에 주목한다.

그들은 팬들의 성원을 마음속 지주로 삼아 과거를 버리고 앞으로 나아갈 수 있는 것이 아닐까.

우리들 같은 일반인에게 마음의 지주가 되는 가족과 친구들이 팬들의 성원을 대신해 주고 있음을 잊지 말자.

과거를 버려라. 당신에게 무한한 행복이 찾아올 것이다.

7장
인간관계

사소한 일들을 유연하게 받아 들여라

두 사람의 사이의 인간관계라고 하면 부부, 연인, 부모와 자식, 형제, 친구, 직장의 상사와 부하, 거래처 등을 들 수 있다.

두 사람의 관계에서는 서로 어색해지고 옥신각신하다 영원히 얼굴을 볼 수 없게 되는 원인에는 여러 가지가 있다. 여기에서는 성격이라는 측면에서 생각해 보자.

두 사람 사이의 인간관계로 속을 썩이다가 마음의 병을 앓게 된 사람들을 종종 볼 수 있다.

또한 인간관계에서 쉽게 문제를 일으키는 사람들에게서 두 가지 정도 공통점을 발견할 수 있다.

① 사소한 일에 집요하다.

② 사소한 일에도 바로 감정적이 된다.

본인이 이런 성격이거나 혹은 상대가 이런 성격의 소유자인 경우도 있으며 또는 양쪽 모두 이런 성격일 때도 있다.

이런 집요한 성격을 전문가들은 '점착성 성격'이라고 부른다.

"너 그 때 친척들 앞에서 나를 바보로 만들었지? 나 진짜 창피했어. 너는 그거 알고 있었어?"

무슨 일이 있을 때마다 5년이고 10년이고 계속 말한다.

한편 아내는 거의 매일 추궁한다.

"당신 바람피웠죠? 솔직하게 말해요. 도대체 어떻게 된 거예요?"

예전의 실패, 상대의 결점, 쥐꼬리만한 월급, 부족한 점, 무뚝뚝한 점, 불만인 점 등을 쉴 새 없이 공격한다.

끊임없이 당하는 쪽은 참을 수가 없으며 정신적으로도 지쳐버린다.

집요하게 공격하는 사람 또한 사람을 질리게 한다. 이러한 유형의 사람은 이상주의자로 이상적인 부부관계, 이상적인 부모와 자식관계, 이상적인 신뢰관계에 집착한다. 보통 사람이라면 아무 일도 아니라는 듯 넘어갈 수 있는 일에 참기 힘들 만큼 강한 불만을 느낀다.

이 불만은 상대방이 간단히 해결할 수 없는 종류의 불만이다. 필연적으로 불만은 쌓이고 쌓여 결국 노이로제의 원인이 되기도 한다.

노이로제의 원인

① 사소한 일에 집요하다.

② 사소한 일에도 바로 감정적이 된다.

서로를 즐겁게 하는 인간관계

　앞에서 이야기한 집요한 사람과의 인간관계는 어떻게 해야 하는지 이야기하여 보자.

　별 다른 방법은 없다. 단지 열심히 대화를 나누는 것이 제일이다. 이야기가 장황하고 너무 자세하게 설명하고 사소한 일에 집요하게 파고드는 사람과는 무의식적으로 긴 대화는 피하고 싶어진다.

　하지만 의사소통이 부족하면 상대에 대한 불신감이 생겨나 점점 더 끈질기게 몰아붙이기 때문에 절대 주의해야 한다.

　이런 사람은 자신의 기분이 상대에게 잘 전해지지 않으면 불안해하게 되고, 이로 인해 더욱 더 집요하게 된다. 이를 해결할 방안은 성심성의껏 대화를 주도하고 안심시키자는 의도이다.

불안감을 해소하고 안심시켜야 이성을 되찾는다. 이상에 대한 지나친 집착에서 내려와 스스로 이상주의적인 발상을 버리게 도와준다.

이런 유형의 사람은 흔히 말하는 '자신에게 엄격한 유형'으로 엄한 성격 때문에 다른 사람에 대해서 자신도 모르는 사이 엄한 눈으로 보게 된다.

남이 비정상적으로 일을 하거나 적당주의로 부실하게 일을 하면 절대 용서할 수 없는 마음이 강해져 왜 그렇게 일을 하느냐며 집요한 추궁이 시작된다.

무엇보다도 자신에 대해서 좀 더 관용적인 마음자세를 가지는 것이 중요하다. 곰곰이 생각해 보면 스스로도 기대에 못 미치는 부분이 많지 않은가.

또 지금까지 해온 것을 잘 생각해보면 영 아니라고 생각되는 점도 많지 않은가.

먼저 그 점을 깨닫고 인정한다. 그리고 그런 자신을 나무라지 않는다. 완벽하지 않는 것이 당연한 일이며 충분하다고 너그러운 마음으로 생각할 수 있도록 초연해지자.

나는 이것을 80%주의라 부른다. 나 자신에 대해 너그러워지면 다른 사람에게도 관용을 베풀 수 있으며 이를 바탕으로 마음과 마음이 통하는 인간관계로 발전된다.

다른 사람과 좋은 인간관계를 만들어가는 일이 곧 자기 자신을 위한 일이라는 사실을 잊어서는 안 된다. 자신의 끈질기고 집요한 성격 때문에 다른 사람과 늘 부딪치기만 한다면 자신도 피곤하다.

서로 즐겁게! 하는 그런 인간관계가 좋다.

나 자신에 대해 너그러워지면 다른 사람에게도 관용을 베풀 수 있으며 이를 바탕으로 마음과 마음이 통하는 인간관계로 발전된다.

나의 요구수준을 한 단계 낮춰라

작은 일로 바로 감정적이 되는 성격을 '자기 현시(顯示)성격'이라 한다. 흔히 이야기하는 제멋대로이며 자아가 강한 성격이다.

자신이 생각한 대로 되지 않으면 찜찜하고 금방 울컥하며 피가 거꾸로 서는 듯 부글부글 끓는다.

"오늘까지 해놓으라고 했잖아요. 당신도 약속했잖아요. 왜 약속한 대로 할 수 없었냐고 지금 묻고 있잖아요. 네? 도대체 왜?"

게다가 "왜 그렇게 화는 내는데?"라는 하찮은 말 한 마디에 감정적이 된다.

또한 자신이 소중한 존재로 대접받지 않거나 소외당하거나 하면 싫어한다.

“당신, 오늘부터 빨리 들어온다고 했잖아요. 7시에는 들어온다고 했죠? 그래서 열심히 저녁 준비하고 기다리고 있었어요. 그랬는데…… 너무 해요!”

일이 바빴다거나 급한 일이 있었다거나 하는 이유 따위는 전혀 통하지 않는다.

이런 성격의 사람과 만나지 않을 수만 있다면 좋으련만 그러나 부부 또는 부모자식, 형제자매, 회사 관계자라면 만나고 싶지 않다고 안 만날 수 있는 상대가 아니다.

이런 성격의 사람과는 잘한다고 칭찬해 주면 잘 지낼 수 있다. 자기 현시욕구가 강한 사람은 칭찬에 약하다.

“당신은 정말 대단해요. 당신 덕분에 내가 이렇게 잘 할 수 있어. 당신이 없으면 나는 무용지물이야.”

그러면 방긋방긋 웃는 얼굴로 편안하게 해준다.

본인에게도 말해두자. 이 유형의 사람은 상대에 대한 요구수준이 높아서 상대방에게 많은 것을 요구하고 그에 답하지 않으면 감정이 폭발한다.

즉 80%주의, 소욕지족의 마음가짐이 중요하다. 상대가 80% 정도 자신의 요구에 답하면 고맙다고 생각한다. 그 이상을 바라지 않는 마음 자세가 내가 아닌 남과 만나서 살아가는 요령이다.

소욕지족의 마음가짐이 중요하다. 상대가 80% 정도 자신의 요구에 답하면 고맙다고 생각한다. 그 이상을 바라지 않는 마음 자세가 내가 아닌 남과 만나서 살아가는 요령이다.

먼저 자신을 버려라.

상사로서 해서는 안 될 말이 있다.

"그게 상사에게 할 말인가? 잠자코 내가 하는 말을 들어."

자신의 지위와 권력을 내세워 부하의 의견을 무시한다.

어느 회사에 한 상사가 바로 이런 사람이었다고 한다. 그래도 평상시에는 "생각하고 있는 것이 있다면 개의치 말고 말해줘. 앞으로도 계속 좋은 제안을 받아들여 갈 생각이야. 나는 그렇게 꽉 막힌 사람이 아니거든"라고 입버릇처럼 말하고 있다.

그러나 부하직원이 솔직하게 생각한 바를 말한다면 상사는 가만히 듣고 있다가 점점 감정이 북받쳐 말꼬리를 잡고 비비꼬기 시작한다. 그리고는 "그게 상사에게 할 말인가"라는 말로 끝을 장식한다.

　그러면 이런 말을 자주 하는 사람은 어떤 성격을 가지고 있는지 그 특징을 한 번 알아보자.

　우선 자기 현시욕구가 강하고 프라이드가 높으며 지기 싫어하는 노력가이다.

　이 정도 설명하면 굳이 말 안 해도 전형적인 엘리트 이미지가 떠오를 것이다. 이런 사람은 "그것이 상사에게 할 말인가"라는 투의 말을 잘한다.

　자신이 유능하다고 자부하므로 '솔직하게 말해줘'라며 여유를 가지고 있는 듯 연기를 하고 있다.

　그러나 부하가 자신이 생각지도 못했던 아이디어를 제시하거나 문제점에 대해 먼저 이야기하면 여유로 가장하고 있던 프라이드는 높은 성격으로 울컥하고 나와 버린다. 그리고 부하의 의견을 순순히 받아들이지 못하게 된다.

　게다가 좋은 말과 칭찬, 업적은 성격상 전부 자신이 차지해야 하며 만약 부하가 차지할 것 같으면 무슨 일이 있어도 짓밟아 버리고 싶다는 기분이 생긴다고 한다.

　'훌륭한 선수가 반드시 훌륭한 감독이 되지는 않는다'라는 말이 있다. 워낙 유능한 사람이기 때문에 답답하면 부하를 가르치고 독려하는 것이 아니라 자기가 나서서 다 해버리니 누가 그 밑에 있고 싶어 하겠는가. 그래서 부하 관리를 잘못한다는 말을 듣는다.

먼저 자신을 버려라.

자신이 눈에 띄고 싶다는 기분도, 지금까지 열심히 해서 성과를 올려왔다는 자부심도, 프라이드도 쓸데없는 경쟁심도, 모두 버려야만 '훌륭한 감독'이 될 수 있다.

'훌륭한 선수가 반드시 훌륭한 감독이 되지는 않는다'

먼저 자신을 버려라.

평상심을 항상 유지하라

"여기서 한발만! 홈런 한방 탕 하고 쳐라!"

세계 홈런왕 오 사다하루(일본 프라야구 선수, 감독)씨가 현역이었을 당시 관객은 타석 때마다 높은 기대를 담아 뜨거운 성원을 보냈다.

오 사다하루 씨는 한 인터뷰에서 재미있는 말을 했다.

"홈런을 치려고 마음먹고 칩니까. 아니면 자연히 나옵니까?"

"치려고 생각하면 볼이 안 보입니다."

잘 하겠다는 강한 패기와 의욕이 있으면 평소 잘 하던 것도 할 수 없게 된다. 몸도 마음도 딱딱하게 굳어서 도리어 잘 되지 않는다는 것은 우리도 자주 경험한다. 120%로 실력을 발위하려면 강한 의욕을 버리고 평상심을 유지하라.

이렇게 말하는 나도 강연회 등 사람들 앞에 서면 '잘 하겠다는 의욕을 버리자. 평상심. 평상심이 중요해'라고 스스로를 세뇌시키는 동안 쓸데없는 긴장감만 더해져 딱딱하게 굳어버리는 경우가 있다.

여러분도 아마 나와 비슷한 경험을 한 적이 있을 것이다. 어떤가? 잘하겠다는 욕심을 버린다고 생각한 것만으로 간단히 버릴 수 있는 것은 아닌 듯하다.

그러면 어떻게 해야 할까? 사람의 마음속에서 강한 의욕을 낳는 모체가 있다. 이 모체를 버리는 것이 가장 좋은 방법이다.

그것은 홈런 한방 날려 달라는 관객들의 성원에 답하고자 하는 마음이 아닐까.

기대에 부응하고 싶고 남들에게 좋은 부분만 보이고 싶다는 마음이 강한 의욕을 낳는다.

평상심을 유지하는 것만으로 강한 의욕을 버릴 수는 없지만 자신에게 기대하는 사람들의 마음에 부응하고자 하는 마음을 버린다면 쓸데없는 의욕은 버릴 수 있을 것이다.

요즘 올림픽에 나가는 젊은이들을 보면 시대의 변화를 절실히 느낀다. 옛날 젊은이들은 "국가의 명예를 등에 업고 올림픽에

출전합니다. 국민 여러분의 기대에 부응할 수 있도록 힘내서 열심히 하겠습니다"라고 말하며 강한 의욕을 가지고 힘내서 분투했다. 그 결과 어떠한가.

요즘 젊은이들은 '다른 사람에게 휘둘리지 않으며, 나는 내 자신과의 싸움에서 이기겠다'라고 말하는 젊은이들이 많다. 이 결과 지금의 젊은이들이 훨씬 더 많은 메달을 목에 걸고 있다.

평상심을 유지하는 것만으로 강한 의욕을 버릴 수는 없지만 자신에게 기대하는 사람들의 마음에 부응하고자 하는 마음을 버리면 쓸데없는 의욕은 버릴 수 있을 것이다.

대화는 비밀스럽게 인간관계를 약하게

어떤 앙케트 조사에서 재미있는 결과가 나왔다. 휴대전화의 보급과 인터넷의 발달로 직장 동료와 지인 또는 가족 사이의 대화가 평균 20%~30% 늘었다고 한다.

그러나 사람과 얼굴을 맞대고 이야기하는 기회는 반대로 30% 이상 줄었다고 한다.

무슨 말이냐구요? 대화는 더욱 비밀스러워지고 인간관계는 더욱 약해졌다는 불가사의한 세상이 되었다는 것이다.

모 회사는 회의를 없앴다고 한다. 회의를 해도 각자가 말하고 싶은 것만 말하고 분출할 뿐 의견이 잘 정리되지 않는다고 한다.

그래서 간부가 사원에게 연락 할 일이 있을 때나 부하가 상사에게 제안을 할 일이 있을 때, 사원들 간의 의사소통을 해야 할 때는 사내 전자메일을 통해서 하도록 했다. 이는 업무를 효율적으로 하기 위해서였다.

확실히 효율적으로 변했다. 그러나 다른 한편으로 걱정되었던 퇴직희망자가 속출하는 사태가 발생했다고 한다. 퇴직 이유는 대체로 이러했다.

"부장님은 말을 그렇게 해도 속으로 무슨 생각을 하고 있는지 전혀 모르겠습니다. 신뢰할 수가 없습니다.", "동료인 누구누구가 저를 배신하려고 합니다. 그런 사람과는 같이 일할 수 없습니다."

다시 말해 사원들에게 필요한 동료 간의 신뢰관계가 무너져 버렸다.

세상이 편리해져 가는 것은 아주 좋은 일이지만 그 편리함에 익숙해져 버리는 것은 위험하다.

최근 젊은 사람들은 지하철 안에서도 공원의 벤치에서도 점심을 먹으면서 걸어가면서도 하루 종일 잠시도 휴대전화를 내려놓지 않고 만지작거린다.

친구에게 그렇게 자주 연락을 하고 이야기하니 '인간관계도 확실하겠구나'하고 생각했더니 그것이 아니었다. 진정한 친구가 없다고 호소하는 사람들이 많아졌다. 이것도 앞서 얘기한 것과 같은 현상이다. 즉, 대화는 비밀스러워졌지만 인간관계는 점점 약해졌다는 것이다.

세상이 편리해져 가는 것은 아주 좋은 일이지만 그 편리함에 익숙해져버리는 것은 위험하다.

신뢰관계는 얼굴을 마주보면서 쌓자

　편리함이 넘치는 세상을 살면서 사람은 일부러라도 가끔은 편리함에서 벗어나고자 해야 한다.

　생각이나 감정이 다른 사람과 얼굴을 맞대고 대화를 계속해야한다고 생각하면 확실하게 귀찮다. 의사소통을 해 나가기 위해서는 어느 정도의 시간도 걸리고 그러는 동안 서로에게 불쾌한 마음이 생길 때도 있을 것이다.

　이런 의미에서 전자메일은 상대방의 사정을 고려하지 않고 말하고 싶은 것만 일방적으로 전달하면 되니 참으로 편리하기는 하다. 그러나 말하고 싶은 것을 말하는 것과 그것을 상대가 이해했는지 어떤지는 별개의 문제이다. 이것이 바로 전자메일 같이 상대의 얼굴을 볼 수 없는 의사소통의 위험성이다. 메일로 이야기했으니 상대도 이해해 줄 것이라고 착각한다.

그러나 이야기를 하다보면 사실은 전혀 이해하지 못했다는 사실을 알게 된다. 그 당시 이해했다고 착각하고 있었던 만큼 섭섭한 마음도 컸다. 그 섭섭한 마음이 메일로 그렇게 자주 연락하고 이야기하고 있으면서도 '남이 하는 말은 믿을 수 없다', '친구가 없다'는 말로 표현되기도 한다.

만나서 이야기하기도 귀찮은데 메일로 대신하자는 마음이 들더라도 가끔은 일부러라도 만나서 이야기하자.

예컨대 건강을 위해서 일부러 지하철 한 정거장 정도 미리 내려 집까지 걸어가는 것과 같다. 일상생활에서의 운동부족을 해소하고 다리와 허리를 단련시킬 수도 있다.

또한 일부러 시간을 내서 사소한 불편한 일을 하는 것에서부터 다른 사람과의 신뢰관계를 쌓아가는 힘도 길러지는 과정이라 할 수 있다.

30년 전, 미국의 한 실업가는 사업에 성공을 해 자산가가 된 후 살던 월세 집을 나와 집을 지었다. 그 집은 아주 작고 평범하며 간소하였다. 주위 사람들은 이상하게 생각했다.

"당신 정도라면 더 호화로운 저택을 지을 수 있을 텐데……."

"나는 저택을 만들 생각은 조금도 없습니다. 이곳에 가정을 만들 생각입니다."

검소한 행복에 대한 바람, 그것이 호화로운 저택 생활보다도 사랑하는 가정을 더 소중하게 생각하는 삶의 방식이다.

한 가지 제안하고 싶다.

한 달에 하루나 이틀 '오늘은 ○○○가 없는 날'을 만들자.

예를 들면 '오늘은 세탁기가 없는 날'로 정해놓고 손으로 세탁을 한다든지 '오늘은 버스가 없는 날'이니 역까지 걸어서 가자는 것도 좋다. '오늘은 잔업이 없는 날'이니 가족과 함께 보내자는 생각도 좋다. '오늘은 휴대전화가 없는 날'도 재미있겠다.

'○○○가 없는 날'이 많으면 많을수록 사람과 사람들 사이는 만나고 접할 기회가 많아진다. 접할 기회가 많아지니 당연히 좋은 관계로 나아간다.

언제까지고 계속되는 불행은 없다.

가만히 견디고 참든지 용기를 내쫓아 버리든지

이 둘 중의 한 가지 방법을 택해야 한다.

-로망 롤랑

8장
자신감

무엇이든지 지나치게 하지 마라

인생이 초조해질 때는 대체로 이 6가지를 너무 많이 해서다.

① 일을 너무 열심히 한다.

② 생각을 너무 많이 한다.

③ 술을 너무 많이 마신다.

④ 너무 잘난 척 한다.

⑤ 잠을 너무 많이 잔다.

⑥ 너무 할 일이 없어 한가하다.

이 6가지를 균형 있게 적당히 한다면 생활하는데 있어서 몸과 마음이 건강해진다.

우리의 생활에는 호순환 사이클과 악순환 사이클이 있다.

호순환 사이클일 때는 무엇을 하든지 잘 풀리지만 반대로 악순환 사이클일 때는 무엇을 해도 힘이 들고 아무리 열심히 해도 실패하며 잘해 보려고 궁리를 해도 결과가 좋지 못하다.

위에서 말한 6가지는 이따금 우리가 악순환 사이클로 들어가 있을 때 일어난다.

한시라도 빨리 악순환에서 빠져 나오려고 하지만 좀처럼 빠져 나올 수가 없으며 왜 그런지 아무리 골똘히 생각해도 답이 나오지 않는다.

답답하고 화도 나며 울화통이 터져 술을 과하게 마시게 된다. 이럴 때 마시는 술은 항상 술주정을 동반하며 1차로 끝나는 것이 아니라 2차, 3차로 이어지며 그러다 아침까지 미쳐보자며 잘난 척 하다가 몸과 마음이 너무 지쳐 너무 많은 잠을 자게 된다. 그러다 보면 일할 의욕은 상실되고 더 이상 아무것도 하고 싶지 않다는 상태에 이르면 할 일이 없어지고 한가한 생활이 시작된다.

반대로 호순환 사이클일 때는 '이렇게 잘 풀리는 날이 오래 갈리가 없어. 조심해야지'라며 자제하고 억제한다. '지금이야말로 절호의 찬스다. 뭐든지 다 하는 거야. 그래. 가자가자 앞으로 아자!'라고 경박하게 촐랑거리는 사람은 드물다. 그래서 호순환 사이클일 때는 매사에 신중하게 일을 한다.

내 경험으로 보건대 악순환 사이클일 때는 빨리 빠져 나가려고 너무 초조해 하지 않는 것이 좋은 듯하다.

평상심으로 매사 너무 지나치지 않도록 자신을 다스려 차근차근 해나가는 것이 가장 좋은 탈출법이다.

평상심으로 매사 너무 지나치지 않도록 자신을 다스려 차근차근 해나가는 것이 가장 좋은 탈출법이다.

손해를 보더라도 장래 큰 이익을 도모하라

마음을 의미하는 마음 심 변(心)에 '잃을' 망(亡)이 붙어서 바쁠 망(忙)자가 된다. 나는 이 한자를 볼 때마다 이렇게 잘 만들었을까 하고 생각한다. 확실히 너무 바쁘면 여유는 사라지고 세상사를 그대로 받아들이지 못한다.

그러나 한편으로 새롭게 생겨나는 마음도 있다.

가령 남아 있는 일을 정리하기 위해서 혼자만 잔업을 해야 한다.

동료들은 "어딘가에서 간식을 먹고 갈까?"라며 사무실을 나선다.

그런 동료들의 뒷모습을 힐끗힐끗 쳐다보면서 '아~ 왜 나만 이렇게 힘들어야 하는 거야'라며 질책하고, 그 질책에 외로워지고 쓸쓸해하고 급기야 비참해지기까지 한다.

이런 마음을 그냥 내버려 두면 '그 자식 때문에 내가 이렇게 힘든 거야'라며 다른 사람에 대한 질투와 원망의 감정으로 치달아 결국에는 모든 것을 그만두고 싶은 기분으로 바뀔 수 있기 때문에 주의해야 한다.

이렇게 생각하지 않기 위해서라도 버리는 힘이 필요하다.

'지금은 손해를 보더라도 장래 큰 이익을 도모하라'고 생각하는 것은 불가능한가? 혼자서만 잔업을 하면 손해를 보는 기분이 들기도 하지만 쓸데없이 용돈을 쓰지 않아도 되니 사실은 득을 본 셈이다.

잔업을 하지 않은 사람들은 집으로 돌아가 가족과 함께 여가 시간을 보내는 사람도 있을 것이고, 또한 아무 생각 없이 바로 잠들어 버리는 사람도 있을 것이다. 하지만 여러분은 집에 늦게 돌아가더라도 잠깐이라도 자기 전에 시간이 생기니 가족과 이런저런 이야기도 나눌 수 있고 회사에서 받았던 스트레스도 해소할 수 있다. 이런 것이 행복이 아닐까.

잔업을 하는 당신은 내일 할 일도 같이 준비해 두면 다음날 고생하며 잔업을 해야 하는 동료들을 사무실에 남겨둔 채 저녁 6시에 책상을 정리하고 의기양양하게 한 마디 남기고 회사를 나설 수도 있다.

"자, 그럼 먼저 퇴근 하겠습니다. 수고하세요."

이것이 득이라면 득이다.

자신이 비참하다고 느껴지면 '지금은 손해를 보더라도 장래 큰 이익을 도모하라'는 말을 되새기자. 자신에게 득이 되는 일은 반드시 존재한다. 이것이 비참한 기분에서 멋지게 탈출하는 방법이다.

마음을 의미하는 마음 심 변(心)에 '잃을' 망(亡)이 붙어서 바쁠 망(忙)자가 된다.

웃음으로 슬픔과 화를 날려 버리자

　화나 슬픔을 단번에 날려버릴 수 있는 방법이 있다면 얼마나 행복할까.

　나이를 먹으면 자신에게 화가 나고 슬퍼진다.

　예를 들면 무릎이 아파서 계단을 오르내리는 것이 힘들어지고 무릎을 구부려서 힘을 줄 때마다 관절이 뚝뚝하고 소리가 난다.

　이 소리를 들을 때마다 나이를 먹는 것이 정말 싫다는 생각이 들고 늙어가는 내 육신에 너무 화가 나고 슬퍼진다.

　어느 날 나는 내 무릎 이야기를 한 지인에게 말했다.

　"아이고, 세상에. 계단을 오를 때마다 무릎이 화를 낸다고 할까 운다고 할까 뭐 그래요.”

“나도 그래요. 내 무릎은 웃는 답니다.”

지인은 화를 낸다거나 운다고 표현하지 않고 웃는다고 했다. 모든 것은 생각하기 나름이며 마음을 어떻게 먹느냐에 따라 다르다.

그 지인과 이야기하고 나서는 무릎이 뚝뚝하고 소리를 낼 때마다 ‘아, 무릎이 웃네’라고 생각하려고 하고 있다.

그러자 신기하게도 나이 들어가는 것에 대해 화나거나 슬퍼지거나 머리가 아프거나 하는 일이 사라졌다.

웃음에는 슬픔과 화를 날려버리는 아주 멋진 힘이 있으며 이는 사람의 마음을 행복하게 만든다.

웃음에는 슬픔과 화를 날려버리는 아주 멋진 힘이 있다. 이는 사람의 마음을 행복하게 만든다.

걱정거리를 가지고 있지 마라

과연 5년이나 10년 뒤에도 지금 다니고 있는 회사가 이 세상에 존재하고 있을까? 걱정이다.

지금 애인이 다른 사람을 좋아하게 되지 않을까? 너무 걱정이 된다.

남에게 배신당하지 않을까? 빌려간 돈을 돌려줄까? 비행기가 예정대로 출발할까? 앞으로 건강하게 살 수 있을까? 아이가 잘 클까? 모든 것들이 걱정이 된다.

이런 걱정을 버리는 것이 좋을까, 아니면 마음속에 고이 모셔 두는 것이 좋을까?

참고로 나는 '버리는 것이 좋다'에 한 표 던진다. 마음속에 걱정거리를 고이 모셔두어도 득이 될 일이 없다. 눈에 띄는 대로 바로바로 버리는 편이 마음도 가볍고 상쾌한 기분으로 살아갈 수 있다.

그런데 주의에는 "걱정거리는 버리지 않는 것이 좋다. 유익하다"라고 주장하는 사람들도 있다. 그들이 주장하는 이유가 바로 이것이다.

- 남에게 바보 취급을 당하고 싶지 않아서 걱정된다.
- 실패하고 싶지 않아서 걱정한다.
- 남에게 좋은 사람이라고 스스로 보이고 싶어서 걱정한다.

이렇게 말하는 사람들에게 차근차근 반론해야겠다.

먼저, 이렇게 말하는 사람이 있다.

"상사는 저만 보면 '자네는 걱정거리가 없어서 마음 편해서 좋겠어'라고 빈정거립니다. 그런 말을 들으면 저도 인간인지라 걱정거리가 하나 정도 있다고 얘기하고 싶어집니다. 확실히 걱정을 하거나 고민하고 있는 사람이 아무 걱정 없이 천연덕스럽게 있는 사람보다도 인생을 훨씬 진지하게 생각하고 있는 듯이 보이잖아요. 그리고 멋져요. 사람은 겉모습이 전부가 아니라고 생각하지만 그래도 우리 사회에서는 대단히 큰 비중을 차지하고 있지 않습니까."

그다지 좋은 예는 아니지만 담배를 피우는 것이 멋지다며 계속 피워서 폐에 이상이 생긴 사람을 떠올린다. 상사가 뭐라 비아냥거려도 신경 쓸 필요가 없다고 생각하는데 여러분은 어떻게 생각하는가. 걱정거리가 없는데도 일부러 걱정거리가 있는 듯한 태도를 가장하는 것은 마음의 건강을 위해서 그다지 좋은 일이 아니질 않는가.

걱정거리가 없는데도 일부러 걱정거리가 있는 듯한 태도를 가장하는 것은 마음의 건강을 위해서 그다지 좋은 일이 아니다.

좋은 생각은 좋은 일을 부른다

'실패하고 싶지 않아서 걱정한다. 걱정하기 때문에 잘 풀린다'는 의견이 있다.

"잘 풀리지 않으면 어떻게 할지 걱정하기 때문에 미리 확실하게 준비를 해 두게 됩니다. 돌다리도 두드려서 건너자. 미리미리 준비를 해두자. 뭐 이런 생각이 듭니다. 걱정하는 마음이 없으면 무엇이든지 주먹구구식으로 닥치는 대로 해나가게 되잖아요. 도리어 일이 제대로 안 풀릴 거예요."

일리가 있는 말이지만 내 생각은 좀 다르다.

나는 오히려 '걱정하고 있으면 걱정하는 그대로 일이 일어난다'는 의견이다.

내일 출장이라서 아침 일찍 첫 비행기를 타야 한다. 그러나 늦잠을 자지 않을까 하고 걱정하면 이 걱정 때문에 잠을 설치게 되어 정말 아침에 늦잠을 자게 된다. 이런 경험을 한 적은 없는가.

돌다리를 두드리는 것은 좋지만 너무 신중할 필요는 없다. 나쁘게 생각하면 나쁜 일이 생기고, 좋게 생각하면 좋은 일이 생긴다. 이것이 인생의 진리다. 여러분의 생각은 어떤가? 사람에게 친절하고 다정하게 보이려는 마음 때문에 걱정했다고 말하는 사람도 있다. 어떤 사람은 만날 때마다 늘 이렇게 이야기한다.

"어떻게 지내셨어요? 걱정하고 있었어요."

그러나 이 사람은 솔직히 '항상 당신을 마음에 두고 있었습니다. 제가 마음이 착하고 다정한 사람이기 때문이죠'하고 보이고 싶었을 뿐이다.

그러나 어떤 사람들은 '걱정하고 있었다'는 말을 들으면 '나보다 윗사람인 것처럼 얘기해?'라고 반감을 느끼기도 한다.

신랄하지만 "네가 걱정할 정도로 내가 그렇게 보잘 것 없지는 않아. 이쪽 걱정하지 말고 너나 잘해"라고 말해주고 싶어지기도 하며 쓸데없는 참견이라는 기분도 든다.

"걱정하고 있었다"라고 입으로만 말할 뿐 행동으로 옮기지 않는다. 이런 경우가 비일비재하겠지만 이것만은 말해두고 싶다. 걱정하고 있었다면 전화 한 통화 정도 하라. '왜 지금까지 연락

한 번 없었을까?'라는 의문이 들 때도 있다.

 Think about

"걱정하고 있었다"라고 입으로만 말할 뿐 행동으로 옮기지 않는다.
이런 경우가 비일비재하겠지만 이것만은 말해두고 싶다. 걱정하고
있었다면 전화 한 통화 정도 하라. '왜 지금까지 연락 한 번 없었을
까?'라는 의문이 들 때도 있다.

잠을 잘 자고 싶다는 강박관념을 버려라

최근에는 잘 자고 싶어 하는 사람들이 늘고 있다고 한다. 그래서 숙면에 도움을 주는 베개라든지 침대 또는 방향제나 허브티 같은 제품이 인기가 되어 판매되고 있다.

그런데 잘 자야 한다는 강박관념 때문에 불면증에 시달리는 사람도 있다.

신경성 불면증으로 이 병에 걸린 사람은 스스로 잠을 잘 못자고 있거나 전혀 잘 수 없다는 엄청난 착각에 빠져 있다. 그러나 실제로는 아주 잠을 푹 잘 자고 있다.

가족에게 물어보면 밤에 드르렁 드르렁 코를 골며 잘 자고 있다고 안다. 그런데도 본인은 조금도 잘 수 없어서 힘들다고 진지

한 얼굴로 호소한다. 즉, 잘 자야 한다는 강박관념이 너무 강해 자신의 수면 습관에 항상 불만이 많다. 그래서 잘 자고 있으면서도 잘 못자고 있다고 생각한다.

좋은 예는 아니지만 일류대학 합격에 목을 매고 있는 사람은 모의시험에서 90점을 받아도 만족하지 못한다.

왜 만점을 못 받았는지 반성하고 자신은 아직도 공부가 부족하다고 생각한다.

신경성 불면증인 사람은 잠을 잘 자야한다는 강박관념을 버리면 편안하게 숙면을 취할 수 있다.

자신의 몸 컨디션을 한 번 생각해 보라. 컨디션이 좋은 날이 있으면 나쁜 날도 있다.

아니 "오늘은 기분도 상쾌하고 발걸음도 가볍고 최고야!"라고 말할 수 있는 날이 며칠이나 될까? 아마 한 달 30일 중에 손가락으로 꼽을 정도로 며칠 되지 않는다.

"아, 잘 잤다"라고 말할 수 있는 밤도 생각해보면 그리 많지 않으며 그렇다고 해서 너무 걱정할 일도 아니다.

나 같은 사람은 저녁에 잠이 안 와서 좋았다고 말한다. 정신이 말똥말똥 해서 잘 수 없을 때는 사둔 책을 읽거나 비디오를 보거나 때로는 혼자서 이것저것 생각하면서 보낼 수 있는 시간이 생

기니 그래서 좋다. 나는 잠 못 이루는 밤이여 어서 오라 환영한
다고 속으로 외친다.

　꼭 자야한다는 강박관념보다도 어느 정도 적당하게 편안한 기
분으로 있는 편이 어쩌면 좋은 잠을 얻을 수 있는 지름길이다.

잘 자야 한다는 강박관념 때문에 불면증에 시달리는 사람도 있다.

꼭 자야한다는 강박관념보다도 어느 정도 적당하게 편안한 기분으
로 있는 편이 어쩌면 좋은 잠을 얻을 수 있는 지름길이다.

열등감은 환상이다.

열등감으로 고민하는 사람이 많은데 열등감을 버리는 일은 누워서 떡먹기다.

우선 열등감은 환상이라는 사실을 알아차리면 된다.

말하자면 여러분은 스스로 마음대로 착가에 빠져 환상에 놀아나고 있는 뿐이다.

결혼식이나 파티에 가서 방명록에 자신의 이름을 쓸 때 손을 부들부들 떠는 사람이 있다.

'나는 악필이야' 라는 열등감 때문에 긴장해서 손을 떨지만 직접 쓴 이름을 보면 잘못 쓰는 것은 아니다. 달필이라고까지 말할 정도는 아니지만 그 사람보다도 못 쓰는 사람도 굉장히 많다. 결국 착각에 지나지 않는다.

'직원여행은 절대로 가고 싶지 않아'라고 고집을 피우는 사람도 있다.

여행을 가면 술자리에서 노래를 부르게 될 텐데 음치라는 사실을 알면 창피하고 비웃을 것이라며 가고 싶지 않단다. 하지만 음치라고 생각하는 사람은 본인이 제대로 부르려고 마음만 먹으면 멋지게 부를 수 있다.

한국을 방문한 외국인에게 이렇게 물어본다.

"한국에 대해 어떻게 생각합니까?"

남이 어떻게 보는지 신경 쓰는 국민성을 아주 잘 나타내는 말이다.

만약 내게 왜 그렇게 신경을 쓰냐고 묻는다면 나는 열등감 때문이라고 대답한다. 사실 그런 열등감에서 이제 슬슬 졸업해도 좋을 것 같은데 안타깝다.

피카소는 사람들에게 자신의 그림을 어떻게 생각하느냐고 절대로 묻지 않았다.

"내 그림을 어떻게 생각하는지 그건 보는 사람 마음이야"라고 자신만만하게 말했다고 한다.

그렇게 당당하게 말하면 설사 '뭐야 이 그림은 애들 그림보다 못하잖아'라고 속으로 생각하고 있더라도 입 밖으로 내기는 힘들다.

"훌륭하시네요. 이렇게 개성적인 그림은 지금까지 본 적이 없습니다. 천재이십니다"라고 한발 뒤로 물러서서 이야기하는 것이 사람의 마음이다.

악필이든 음치든 '뭐라고 생각하든지 네 마음이야'라는 태도를 보이면 사람들은 개성이 있다고 칭찬한다.

그리고 지금까지 고민하고 있던 열등감이 모두 환상이라고 깨닫게 된다. 이것이 열등감을 버리는 방법이다.

남에게 휘둘리지 마라

열등감으로 고민하는 사람들에게는 2가지 심리적인 특징이 있다. 그 특징은 다음과 같다.

① 다른 사람의 기준에 맞추어서 자신을 판단하려고 한다.
② 자신은 가치가 없으며 행복을 추구해서는 안 되는 인간이라고 결정한다.

"열등감은 환상입니다. 여러분의 착각의 산물이죠. 화장실에 유령이 있다고 하면 무서워서 화장실에 못가는 것처럼 말입니다. 유령이란 자신이 만들어낸 착각의 산물이라는 사실을 알게 되면 화장실에 가는 게 무섭지 않아요. 열등감이라는 것도 신경을 쓸 필요가 없습니다”라고 충고를 하면 이렇게 반론한다.

“아니요, 선생님. 저 혼자만의 착각이 아닙니다. 주위에서 그런 말 자주 들어요.”

용모 때문에 고민하고 있는 사람은 주위 사람들에게 못난이라는 소리를 자주 듣는다고 한다.

하지만 이야기를 계속 듣다 보면 주위 사람들이 아니라 몇 년 전에 친구 한 명이 농담으로 못난이라는 말을 한 적이 있었던 것이다.

그 후부터 계속 못난이라는 말에 신경을 쓰면서 살고 있다.

신경을 쓰고 있는 사이에 어느새 모두에게 그런 소리를 들었다는 식으로 스스로 착각에 빠지고 말았다. 결국은 못난이라는 열등감은 착각이며 환상이었다.

이야기에서 알 수 있듯이 열등감을 느끼기 쉬운 사람은 착각에 빠지기 쉽다.

‘다른 사람이 말한 것=나’라는 공식이 머릿속에 들어 있어 남들이 이야기하는 대로 자신의 모습을 만들어간다. 그래서 나쁜 소리를 들으면 ‘나는 살 가치도 없고 행복하게 될 자격이 없는 인간이다’는 착각에 빠져 스스로를 폄하한다.

왜 그렇게 되는 걸까? 자기만의 인생관과 가치관이 희박하기 때문에 열등감으로 고통 받는 사람 중에 젊은 사람이 많은 것이다. 열등감이란 나이를 먹고 여러 가지 경험을 하고 자신만의 삶의 방식을 발견해나가는 동안 자연스럽게 없어지는 경우가 많다.

너무 조급해하지 말고 그때가 찾아오기를 느긋하게 기다리는 것 또한 열등감에서 탈출하는 방법이다.

너무 조급해하지 말고 그때가 찾아오기를 느긋하게 기다리자. 이 방법이 열등감에서 탈출하는 가장 좋은 방법이다.

열등감과 우월감은 형제

우월감과 열등감은 표리일체 관계라고 생각한다. 왠지 모순되는 말인 듯 하지만 실제로 우월감이 강한 사람일수록 열등감이 강하고, 열등감이 심한 사람일수록 아주 강한 우월감을 함께 가지고 있다.

유명한 여배우의 인생 이야기를 들으면 이런 이야기가 나온다.

"어릴 때는 열등감이 심했습니다. 그래서 사람 앞에 서지를 못했어요."

열등감이 심하고 사람 앞에 나설 수 없었다는 사람이 어째서 사람 앞에 서서 연기하는 일을 하고 있는 걸까?

열등감과 함께 마음속 어딘가에는 분명 '나는 매력 있어. 내 말투는 사람을 끌어당겨'라는 우월감도 있었을 것이다. 그렇게 때문에 여배우라는 직업을 선택하지 않았을까.

열등감뿐이었다면 여배우가 되리라고는 생각도 못했을 것이다. 그래서 나는 열등감과 우월감은 함께 존재한다고 본다.

지금 여러분이 열등감을 느끼고 있는 부분을 잘 살릴 수 있는 방법을 한 번 생각해 보면 어떨까? 열등감을 버리는 것이 아니라 잘 살릴 수만 있다면 분명 장래에 여러분의 장점이 될지도 모른다. 그러나 아무런 노력도 안 하면 그것은 좀 곤란하다.

- 우월감은 강하지만 전혀 그것을 살리기 위해 노력하지 않는다.
- 노력을 하지 않고 푸념과 불평불만으로 마음이 꽉 차 있다.

위에서 말한 2가지는 열등감으로 고생하는 사람의 특징이다.

마음 한구석에 머리회전이 빠르다는 우월감은 있지만 공부를 귀찮아하는 사람은 학력 콤플렉스로 고민한다. 유능하다는 우월감은 있지만 열심히 일하는 것을 싫어하는 사람은 일류기업의 사원과 지위, 권력에 열등감을 가지고 있다.

열등감이란 노력이 부족하다고 생각지도 않는 푸념이며 불평
불만을 늘어놓는 일에 불과하다. 이렇게 생각해도 크게 틀린 말
은 아니라고 생각하는데 여러분 생각은 어떤가?

열등감이란 노력이 부족하다고 생각지도 않는 푸념이며 불평불만
을 늘어놓는 일에 불과하다.

철학자 버트런드 러셀의 행복의 정복

1. 행복이 당신 곁을 떠난 이유

가) 자기 안에 갇힌 사람

나는 선천적으로 행복한 사람이 아니었다. 사춘기 때는 삶을 증오해서 늘 자살할 생각을 품고 있었지만, 지금 나는 삶을 즐기고 있다. 한 해 한 해를 맞을 때마다 나의 삶은 점점 즐거워질 것이다. 이렇게 삶을 즐기게 된 비결은 내가 가장 갈망하는 것이 무엇인지를 알아내서 대부분은 손에 넣었고, 본질적으로 이룰 수 없는 것들에 대해서는 깨끗하게 단념했기 때문이다. 무엇보다도 내가 삶을 즐기게 된 주된 비결은 자신에 대한 집착을 줄였다는 데 있다. 나는 차차 자신과 자신의 결점을 대수롭지 않게 여기는 법을 배워 나갔다. 나는 외부의 대상들, 즉 세상 돌아가는 것, 여러 분야의 지식, 그리고 내가 호감을 느끼는 사람들에 대해서 더욱 관심을 기울이게 되었다. 그러나 외부적인 대상에 관심을 기울이는 것 역시 그 나름대로 고통을 부를 수 있다. 하지만 이런 종류의 고통은 자신에 대한 혐오로 생기는 고통과는 달리 삶의 본질적인 부분까지 파괴하지는 않는다. 외부에 대한 관심은 어떤 활동을 할 마음을 불러일으키는데, 그 관심이 살아있는 한 결코 권태를 느끼지 않는다. 하지만 자신에 대한 관심은 어떤 적극적인 활동으로 이어지기 힘들다. 지나치게 자기 자신에게 몰입하는 바람에 불행해진 사람이 행복해질 수 있는 유일한 방법은 외부적인 훈련뿐이다.

자기 자신에게 몰입하는 사람은 여러 종류가 있다. 우리가 흔히 볼 수 있는 세 가지 유형으로 죄인, 자기도취에 빠진 사람, 그리고 과대망상에 걸린 사람을 들 수 있다. 내가 말하는 죄인이란 실제로 범죄를 저지른 사람이라는 뜻이 아니라 죄의식에 사로잡힌 사람을 가리킨다. 이런 사람은 끊임없이 자기 자신을 탓한다. 이런 사람들은 마음속에 그렇게 되어야 한다고 생각하는 자신의 모습을 가지고 있기에 자신의 현실적인 모습과 마음속의 자아상이 끊임없이 갈등을 일으킨다. 자기도취는 어떤 의미에서는 습관적인 죄의식에 정반대가 되는 개념이다. 물론 자기도취는 어느 정도까지는 정상적인 것이지만 지나친 자기도취는 큰 해악이 된다.

세상 사람들에게 칭찬받는 데만 관심이 있는 사람은 자신의 목적을 이루기 어렵다. 또 설사 목적을 달성한다 하더라도 완전한 행복을 누릴 수는 없다. 인간의 본능은 완전한 자기중심성과는 거리가 멀고, 자기도취적인 경향이 있는 사람은 죄의식에 사로잡힌 인간과 마찬가지로 늘 자신을 인위적으로 제약하기 때문이다. 과대망상에 빠진 사람은 자기도취에 빠진 사람과는 달리 매력 있는 사람이 되기보다는 권력을 가진 사람이 되기를 바라고, 사랑받는 사람이 되기보다는 남들이 두려워하는 사람이 되기를 원한다. 많은 정신병자들과 역사상 위인들의 대부분이 이 부류에 속한다. 권력에 대한 사랑이 도가 지나치거나 뒤떨어진 현실감각과 결합될 때는 큰 문제가 발생한다. 이런 상황에 빠진 사람은 불행한 인간이 되거나 어리석은 인간이 되거나, 그렇지 않으면 불행하면서 어리석은 인간이 된다.

과대망상은 병적인 것이든, 정상적인 것이든 모두 심한 굴욕

감에서 비롯된 경우가 많다. 학창 시절 가난한 장학생이었던 나폴레옹은 부유한 귀족 자제인 학우들에게 심한 열등감을 느꼈다. 훗날 그는 옛날의 학우들이 자기 앞에서 머리를 조아리는 것을 보며 만족감을 느꼈다. 이런 신나는 경험을 한 나폴레옹은 러시아 황제를 제물로 삼아 비슷한 만족을 얻으려다가 결국 세인트헬레나로 유배당하는 신세가 되고 말았다. 인간은 전지전능한 존재가 아니므로, 권력에 지나치게 집착하는 삶은 언젠가는 극복할 수 없는 장애에 부딪치기 마련이다. 어떤 형태로든 정신분석학적인 억압이 존재하는 경우에 진정한 행복이란 있을 수 없다.

나) 이유 없이 불행한 당신

이 세상에는 삶의 보람으로 삼을 만한 것이 더 이상 남아 있지 않다고 생각하는 사람을 현명하게 여기는 사람은 참으로 불행한 사람이다. 그들은 자신들의 불행을 자랑거리로 여기고 불행의 원인을 우주의 본질로 돌려버린다. 이러한 감정은 자연적 욕구가 너무 쉽게 충족되는 데서 비롯된다. 일상적인 욕망을 쉽게 충족시킬 수 있는 사람은 욕망의 충족이 곧 행복을 의미하는 것은 아니라고 결론짓는다. 만약 철학적인 기질을 가진 사람이라면 원하는 것을 빠짐없이 가지고 있어도 불행에서 벗어날 수 없으니, 인간의 삶은 본질적으로 비참한 것이라고 결론짓는다. 이런 사람은 원하는 것들 중 일부가 부족한 상태가 행복의 필수조건이라는 점을 간과하고 있다. 이 세상에 염세주의자가 많은 것은 사실이다. 수입이 줄어드는 사람이 많을 때에는 늘 염세주의자가 늘어난다. 오늘날 사람들이 냉소주의에 빠지는 이유는 낡은 관념이 그들의 무의식을 지배하고 있고 자신들의 행위를 규제할 만한 윤리가 서 있지 않기 때문이다. 이 세상에는 할 만한 일이 하나도 없다는 생각 때문에 고민하는 모든 재능 있는 젊은 이들에게 나는 이렇게 충고하겠다.

"세상으로 나가라. 해적도 되어 보고, 보르네오의 왕도 되어 보고, 소련의 노동자도 되어 보라. 기본적인 신체적 욕구를 충족시키기 위해서 모든 에너지를 쏟아야 하는 생활을 해라."

다) 경쟁의 철학에 오염된 세상

미국에서 만난 모든 사람들에게 혹은 영국에서 사업하는 모든 사람들에게, 즐겁게 생활하는 것을 가장 방해하는 것이 무엇이냐고 물어 보라. 그들은 '생존 경쟁'이라고 대답할 것이다. 어떤 측면에서 보면 이것은 옳은 말이다. 그러나 중요한 다른 측면에서 보자면, 이것은 대단히 잘못된 말이다. 만일 우리가 불행한 처지에 빠진다면 우리들 중 누구에게나 생존을 위한 치열한 경쟁이 일어날 수 있다. 하지만 사업가가 사용하는 '생존 경쟁'이라는 말은 부정확한 표현이다. 아무리 사업가가 파산했다고 하더라도 파산할 수 있을 만큼의 돈을 가져 본 적이 없는 사람들보다 훨씬 풍족한 생활을 한다는 것은 누구나 아는 사실이다.

사람들이 흔히 쓰는 생존을 위한 경쟁이란 말은 실제로는 성공을 위한 경쟁을 의미한다. 이런 사업가의 생활을 생각해 보라. 그는 아내와 아이들이 단잠에 빠져 있을 이른 아침에 일어나서 급히 사무실로 달려간다. 사무실에서 그가 할 일은 뛰어난 사무 처리 능력을 발휘하는 것이다. 시장조사도 하고, 현재 거래하고 있거나 앞으로 거래를 트고 싶어 하는 사람과 점심을 먹는다. 오후에도 내내 같은 종류의 일이 계속된다. 그는 피로에 지쳐 집으로 돌아오자마자 만찬회에 나가기 위해 옷을 갈아입어야 한다. 이 가엾은 사람이 만찬회에서 벗어나 드디어 그는 잠자리에 들어서 잠시 동안 긴장을 푼다. 이 사람은 회사 일을 하는 동안 백미터 경주에 나선 사람과 비슷한 심리 상태에 있다. 그는 자신의 아이들, 아내에 대해서 무엇을 알고 있는가? 해가 갈수록 그는 점점 외로워진다. 그의 관심은 점점 사업으로만 집중되고 그 밖의 생활은 점점 무기력해진다.

성공을 추구하는 것은 남자의 의무이므로 성공을 추구하지 않는 남자는 가엾은 존재라는 확고한 신념을 가지고 있는 한, 이 사업가는 지나치게 사업에 집중하고 지나치게 걱정거리가 많은 생활을 계속하느라 결코 행복을 누릴 수 없을 것이다. 문제는 경쟁에서 이기는 것이 행복의 주요한 원천이라고 지나치게 강조하는 것이다. 이런 문제는 사업계에 널리 퍼져 있는 생활 철학에서 비롯된 것이다. 인생에서 중요한 것으로 간주되는 경쟁은 지나치게 냉혹하고 집요하며, 필요 이상으로 근육을 혹사시키고 의지 또한 지나칠 정도로 집중하도록 만든다. 이 병을 치료할 수 있는 방법은 바로 건전하고 조용한 즐거움을 인생의 균형 잡힌 이상형의 하나로 받아들이는 것이다.

라) 인생의 끝, 권태

인류가 저지르는 죄의 절반 이상은 권태에 대한 두려움에서 비롯된 것이라는 점에서, 도덕주의자들은 권태를 심각한 문제로 여긴다. 권태가 생겨나게 되는 필수조건 중 하나는 어쩔 수 없이 상상하게 되는 지금보다 바람직한 상황과 현재 상황의 대조에 있다. 또한 자신의 능력을 충분히 발휘할 필요가 없을 때에도 사람은 권태를 느끼게 된다. 권태의 반대는 즐거움이 아니라 자극이다. 사람들은 환희에 가까운 감격이야말로 즐거움의 필수요소라고 여기기 때문에, 끊임없이 감격을 느끼기 위해서 점점 더 강력한 자극을 찾을 수밖에 없다. 그러나 지나치게 많은 자극은 건강을 해칠 뿐 아니라 모든 종류의 즐거움에 대한 감각을 무디게 만들고, 근본적인 만족감을 표면적인 쾌감으로, 지혜를 얄팍한 재치로, 아름다움을 생경한 놀라움으로 바꾸어 버린다. 하지만 모든 것이 그렇듯이 문제는 그 양에 있다. 자극이 너무 적으면 병적인 갈망을 자아내고, 너무 많으면 심신을 황폐하게 한다. 그러므로 어느 정도 권태를 견딜 수 있는 힘은 행복한 삶에 있어서 필수적인 것이다.

어떤 어린이나 젊은이가 진지하고도 건설적인 목적을 가지고 있고, 권태가 반드시 견뎌내야 하는 것임을 이해하게 된다면 아무리 엄청난 양의 권태라도 자진해서 참아낼 것이다. 지루함을 견디지 못하는 세대는 소인배들의 세대, 자연에서 볼 수 있는 느린 변화의 섭리와는 지나치게 멀어진 세대, 모든 생명력이 마치 꽃병에 꽂힌 꽃처럼 서서히 시들어 가는 세대가 될 것이다. 인정하고 싶지 않더라도 우리는 대지의 창조물이며, 우리의 생명은 대지의 생명의 일부분이다. 대지의 생명의 흐름은 매우 더디다. 대지에게는 봄과 여름도 중요하지만, 마찬가지로 가을과 겨울도 중요하다. 그리고 인간의 신체는 수세기에 걸쳐 대지의 생명의 흐름에 적응해 왔다. 그래서 현대의 도시인들이 느끼는 특별한 권태는 대지의 생명으로부터 분리되어 있다는 것과 깊이 연관되어 있다. 행복한 인생이란 대부분 조용한 인생이다. 진정한 기쁨은 조용한 분위기 속에만 깃들기 때문이다.

마) 걱정의 심리학

심리학자들은 무의식이 의식에 끼치는 영향에 대해 상당히 많은 연구를 해 왔으나 의식이 무의식에 끼치는 영향에 대한 연구는 훨씬 적은 편이다. 걱정과 관련된 경우도 마찬가지다. 불행한 일이 생긴다고 해도 그렇게 심각하지는 않을 거라고 자기 자신에게 타이르기는 쉬운 일이나 그것이 그저 의식적 확신에만 머무른다면 밤에는 아무런 도움이 되지 못하고, 악몽을 꾸는 것을 막을 수도 없을 것이다. 그러므로 걱정에 관해서 대처 과정을 적용해 보면, 어떤 불행이 닥쳐오면 진지하고 신중한 태도로 앞으로 일어날 수 있는 최악의 경우를 생각해 보라. 일어날 수 있는 불행을 직시하고 나서는, 그 불행이 그렇게까지 끔찍한 것은 아니라고 생각할 만한 적절한 이유를 스스로에게 제시해 보라. 아무리 최악의 상황이라고 해도 나 자신에게 우주적 중요성을 가지는 일은 일어나지 않는 법이니까. 얼마동안 최악의 가능성을 꾸준히 응시하면서 진정한 확신을 가지고 "좋아. 그까짓 것 별 문제 아닐 거야"라고 말해 보라. 그러고 나면 걱정이 엄청나게 줄어든 것을 깨닫게 될 것이다. 결국 최악의 사태를 직시하면서도 전혀 거리낌을 느끼지 않게 되면, 당신의 걱정은 말끔히 사라지고 대신 일종의 쾌감을 느끼게 될 것이다.

바) 질투의 함정

걱정 다음으로 불행의 유력한 원인이 되는 것은 아마 질투일 것이다. 질투는 인간의 감정 가운데서 아주 보편적이고 뿌리 깊은 걱정이다. 질투는 평범한 인간 본성이 가진 여러 가지 특징 중에서 가장 불행한 것이다. 질투가 강한 사람은 다른 사람에게 불행을 안기고 싶어 하고, 질투하는 자신 역시 불행하게 된다. 그는 자신이 가지고 있는 것에서 즐거움을 얻는 대신, 다른 사람이 가지고 있는 것을 보면서 괴로워한다. 내가 생각하기에 질투는 어린 시절에 겪었던 여러 가지 불행에 의해 많은 영향을 받는다. 자신의 눈앞에서 형제나 누이가 더 귀여움 받는 것을 목격한 어린아이나 자식에 대한 사랑이 상당히 부족한 슬하에서 어린 시절을 보내는 아이들은 질투하는 버릇이 몸에 배게 된다.

부모에게서 사랑받는 것과 같은 특별한 종류의 행복은 만인이 당연히 누려야 할 타고난 권리다. 따라서 이러한 권리를 빼앗긴 사람은 자연히 마음이 상하고 비뚤어지게 된다. 이런 사람은 처음에는 아무도 자신을 좋아하지 않는다고 생각할 뿐이지만, 결국에는 자신의 행동으로 인해 이러한 생각을 사실로 만들어버리게 된다. 이러한 모든 증상에 대한 적절한 치료법은 정신 수양을 통해 쓸데없는 생각을 하지 않도록 버릇을 들이는 것이다. 질투하는 버릇을 고칠 수 있다면, 행복을 얻을 수 있고 남들의 부러움의 대상이 될 수 있다. 질투에서 벗어나 올바른 길을 찾아내기 위해서, 문명인은 지성을 확대했던 것처럼 감정 또한 확대해야 한다. 문명인은 자기를 뛰어넘는 법을 배워야 하고, 그렇게 함으로써 우주를 자유롭게 이용할 수 있는 특권을 손에 넣는 법을 배워야 한다.

사) 세상과 맞지 않는 젊은이

일반적으로 자신과 사회적으로 관계를 맺고 있는 사람들이 받아들일 수 없는 생활 방식이나 세계관을 가지고도 행복하게 살수 있는 사람은 거의 없다. 이런 사정은 젊은이들 사이에서 특히 심각하다. 유행하고 있는 사상을 받아들인 젊은이는 그 사상이 자신이 속한 특수한 생활환경 속에서는 저주받은 것이라는 사실을 깨닫는다. 그들은 완전히 잘못된 견해라고 비난받을까봐 두려워서 내놓고 인정하지 못하는 견해들이 다른 곳이나 다른 계층에서는 평범한 상식으로 받아들여질 수도 있다는 생각은 전혀 하지 못한다. 청년기뿐만 아니라 평생 동안 이런 불행을 겪어야 하는 경우도 많다. 이러한 고립은 고통을 빚어내는 원천이 되고, 적대적인 환경에 맞서서 정신적 독립성을 유지하는 데 엄청난 정력을 낭비하게 만든다. 그러므로 주위 사람들과 사이좋게 지내지 못하는 젊은이들은 직업을 선택할 때에, 가능하면 마음이 맞는 친구들과 어울릴 수 있는 기회를 잡을 수 있는 직업을 고르기 위해 노력해야 한다. 이것은 수입에서 상당한 손실을 보는 일이 생긴다고 해도, 반드시 생각해야 하는 중요한 사항이다.

정신분석학이 발달한 요즘에는 젊은이가 환경과 조화를 이루지 못하면 그 원인을 심리적인 장애에서 찾는 것이 일반적이다. 하지만 나는 이것은 완전히 잘못된 진단이라고 생각한다. 예를 들어 진화론은 나쁜 이론이라고 믿는 부모 밑에서 자란 젊은이의 경우, 그가 부모와 사이좋게 지내지 못하도록 만든 것은 심리적인 장애가 아니라 바로 지성일 뿐이다.

2. 행복으로 가는 길

가) 인간이 느끼는 행복

행복에는 두 종류가 있다. 이 두 종류의 행복 사이에는 당연히 중간적인 상태에 해당하는 여러 가지의 행복이 존재한다. 내가 말한 두 종류의 행복은 평범한 것과 엄청난 것, 또는 동물적인 것과 정신적인 것, 감정적인 것과 지성적인 것으로 구분할 수 있다. 두 가지 종류의 행복이 가진 차이를 가장 간단하게 묘사한다면, 하나는 모든 인간에게 허용되는 행복이라고 할 수 있다. 어렸을 때 나는 늘 행복으로 충만한 사람을 하나 알고 있었는데, 그의 직업은 우물 파는 일이었다. 그의 행복은 지적인 원천과는 아무런 관계가 없었다. 그는 신체 건강하고, 일거리 넉넉하고, 땅 속에 박힌 바위처럼 꽤 힘든 방해물을 이겨내는 것만으로도 행복했다.

정서적 만족에 한정하여 말한다면, 최고의 학식을 갖춘 사람들도 우물 파는 사람이 누리는 것과 비슷한 기쁨을 느낄 가능성이 있다. 교육 수준에 따른 차이는 기껏해야 이러한 기쁨을 제공하는 활동이 어떤 것이냐 하는 것과 관련될 뿐이다. 오늘날 사회에서 상당한 학식을 갖춘 사람들 중 가장 행복하게 살고 있는 이들은 바로 과학자들이다. 저명한 과학자들은 대부분 감정적으로 단순하며, 자신의 직업에서 얻는 만족감이 대단히 크기 때문에 음식을 먹는 데에도 기쁨을 얻고, 결혼 생활에서도 기쁨을 얻는다. 과학자의 삶에서는 행복의 모든 조건이 실현된다. 그는 자신의 능력을 최대한 발휘할 수 있는 일을 가지고 있고, 자신뿐만 아니라 일반인들의 눈에도 중요하게 보이는 업적을 달성한다. 과학자가 예술가보다 행복한 이유가 바로 이것이다. 일반인들은 그림이나 시를 이해할 수 없으면 나쁜 그림, 나쁜 시라고 결론을 내린다.

하지만 상대성 이론을 이해하지 못하는 사람들은 자신의 지식이 부족하다고 결론을 내린다. 결국 최고 실력의 화가들이 다락방 안에서 굶주리고 있는 동안 아인슈타인은 만인의 존경을 받는다. 그렇기 때문에 대부분의 예술가들은 뜻을 같이하는 동아리 속에 파묻힌 채 냉혹한 바깥 세계를 잊고 사는 경향이 있다. 그러나 뛰어난 과학자들만이 일을 통해서 즐거움을 느낄 수 있는 것은 아니며, 지도적인 정치가들만이 대의의 수호 속에서 즐거움을 얻을 수 있는 것도 아니다. 만인으로부터 갈채를 받지는 못하더라도 기술을 연마하는 데서 만족감을 느끼는 사람이라면, 누구나 일을 통해서 즐거움을 얻을 수 있다.

대의에 대한 신념으로부터 행복을 얻는 사람들도 많다. 나는 지금 억압당하고 있는 국가의 혁명가나 사회주의자, 또는 민족주의자에 대해서만 이야기하려는 것은 아니다. 이런 사람들이 가진 신념보다 훨씬 소박한 여러 가지 신념들에 대해서 이야기하고 있다. 내가 알고 지내던 사람들 가운데는 영국인들이 이스라엘의 사라진 열 지파의 후손이라고 믿는 사람들이 있었는데, 그들은 한 결 같이 행복한 사람들이었다. 그리고 취미에 몰두하는 것은 사소한 신념에 열중하는 것과 그리 많이 다르지 않다. 생존해 있는 어떤 저명한 수학자는 하루 일과를 수학과 우표 수집 두 가지에 똑같이 나누어서 쓰고 있다. 짐작컨대 그는 수학 연구에 별다른 진전이 없을 때 우표 수집으로 위안을 얻는 것 같다.

누구나 어렸을 때 수집을 해 본 경험이 있지만, 수집은 성인들에게는 더 이상 가치 없는 일이라고 생각하는 사람들이 있다. 그러나 다른 사람에게 해를 주는 일만 아니라면, 어떤 즐거움도 소중히 여겨야 한다. 그러나 대부분의 경우, 일시적인 열광이나 취미는 근본적인 행복의 원천이 아니라 현실 도피의 수단에 불과하다. 현실 도피의 수단이라고 한 것은 이겨내기 힘든 고통이 다가오는 순간을 잊기 위한 것이라는 의미다.

근본적인 행복은 무엇보다 인간과 사물에 대한 따뜻한 관심에서 비롯된다. 인간에 대한 따뜻한 관심은 사랑의 일종이다. 행복을 가져오는 사랑은 다른 사람들을 관찰하기를 좋아하고 개인들의 특성 속에서 기쁨을 느끼는 사랑이며, 그들의 관심과 기쁨의 폭을 넓혀주려고 하는 사랑이다. 이런 태도로 다른 사람들을 대하는 사람은 사람들에게 행복을 가져다주는 원천이 될 것이며, 그 대가로 친절을 되돌려 받을 것이다. 그러나 이런 모든 일은 진심에서 우러나온 것이어야 한다. 이런 일들이 의무감이나 자신을 희생한다는 생각에서 비롯된 것이어서는 안 된다. 의무감은 일을 하는 데는 유용하지만, 인간관계에서는 불쾌감을 불러일으킨다. 어쩌면 굳이 애쓰지 않고도 자연스럽게 여러 사람들을 좋아하는 것은 개인이 행복을 누릴 수 있는 가장 큰 원천이라고 할 수 있다.

한편, 비인격적인 사물에 대한 관심은 이에 비하면 그 비중이 작기는 하지만, 대단히 중요한 것이다. 세계는 넓고 인간의 능력은 제한되어 있다. 트리엔트 공의회(1545년부터 1563년 사이에 이탈리아의 트리엔트에서 열렸던 가톨릭교회의 회의)나 별들의 생애에 대한 순수한 관심을 통해 자신의 근심을 잊을 수 있는 사람이 있다고 하자. 이 사람은 비인격적인 세계로 나들이를 하고 돌아온 순간, 침착성과 평온함을 느끼면서 자신의 근심거리를 가장 잘 처리할 수 있는 능력을 얻게 되었다는 사실을 깨닫게 될 것이다. 그 순간, 그는 비록 일시적이지만 진정한 행복을 경험하게 된다.

행복의 비결은 되도록 폭넓은 관심을 가지는 것, 그리고 관심을 끄는 사물이나 사람들에게 되도록 따뜻한 반응을 보이는 것이다. 불행이 닥쳤을 때, 불행을 제대로 극복하기 위해서는 행복할 때, 폭넓은 관심사를 기르는 것이 현명하다. 그럼으로써 현재 상황을 견디기 어렵게 만드는 생각과 감정이 아니라, 다른 생각과 감정을 제공할 수 있는 평온한 마음가짐을 가질 수 있도록 준비하고 있어야 한다. 인생의 폭이 협소할수록, 우연한 사건이 우리 인생의 모든 의미와 목적을 마음대로 주무를 수 있게 된다. 현명하게 행복을 추구하는 사람은 자신의 인생을 구축해 가는 핵심적인 관심사 이외에도 여러 가지 부차적인 관심사를 갖기 위해 노력할 것이다. 인생은 모든 것에 대해 관심을 가질 수 있을 만큼 길지 않다. 하지만 죽는 그 날까지 인생을 채워줄 수 있을 만큼 많은 여러 가지 대상들에 대해 관심을 가지는 것은 바람직한 일이다.

나) 열정이 행복을 만든다

나는 행복한 사람들이 지닌, 가장 일반적이고 뚜렷한 특징인 열정에 대해서 이야기하고자 한다. 식사하는 태도와 배고픔의 정도가 관련이 있듯이, 인생을 대하는 태도는 열정의 정도와 관련이 있다. 식사를 귀찮게 여기는 사람은 낭만적인 불행의 손아귀에 들어간 사람과 비슷하다. 의무감에서 식사를 하는 환자는 금욕주의자와 비슷하고, 대식가는 방탕한 사람과 비슷하다. 미식가는 인생이 제공하는 즐거움의 절반은 구질구질하기 짝이 없다고 푸념하는 까다로운 사람과 비슷하다. 그런데 이상한 일은 모든 유형의 인간들이 건강한 식욕을 가진 사람을 멸시하고 자신이 그 사람보다 더 우월하다고 생각한다는 점이다. 그들은 득도를 한 듯 고고한 태도를 고수하면서, 자신들이 경멸하는 사람들을 단순한 영혼을 가진 사람들이라고 멸시한다. 내가 보기에 득도를 한 듯이 행사하는 태도야말로 큰 병이다.

딸기를 좋아하는 사람에게 딸기는 유익한 것이고, 딸기를 싫어하는 사람에게는 딸기가 유익하지 않은 것이다. 하지만 딸기를 좋아하는 사람은 딸기를 싫어하는 사람이 맛보지 못하는 즐거움을 누린다.

그만큼 이 사람의 인생은 더 즐거운 것이고, 두 사람 중 함께 살아야 하는 세상에 더 적합한 사람도 바로 이 사람이다. 그러나 대식가는 먹는 즐거움을 위해서 다른 모든 즐거움을 포기하여 결국 인생에서 누릴 수 있는 행복의 총량을 줄이는 사람이 된다.

먹는 것 외에는 지나칠 정도로 추구할 수 있는 열정들이 많이 있다.

누구나 아는 일이지만, 옛날 사람들은 중용을 중요한 덕목의 하나로 여겼다. 그러나 많은 사람들이 이런 생각을 버리고, 중용을 모르는 열정을 찬미하게 되었다. 훌륭한 인생이라면, 여러 가지 활동들 간에 균형이 이루어져야 하며, 다른 활동이 불가능할 정도로 한 가지 활동에 치우쳐서는 안 된다. 어떤 열정이 불행의 원천이 되지 않기 위해서 결코 도를 넘어서는 안 될 몇 가지 요소들이 있다. 그것은 바로 건강을 유지하는 것, 자신의 능력을 전체적으로 유지하는 것, 생계유지에 충분한 소득을 유지하는 것, 처자식에 대한 의무와 같은 가장 근본적인 사회적 의무를 완수하는 것이다. 그러나 이 원칙에 대해 제한을 둘 필요가 있다. 다른 모든 것을 희생하더라도 반드시 이루어야 한다고 정당화할 수 있을 정도로 대단히 고귀한 행동도 있다. 조국을 지키기 위해서 목숨을 바친 사람, 과학적인 발견이나 발명을 위해서 연구에 종사하는 사람이 그 노력의 대가로 마침내 성공의 영광을 안게 되었다면, 비록 가족이 가난에 시달려왔다고 하더라도 그를 비난할 수는 없을 것이다.

상황이 아무리 달라진다고 해도 인생에 대한 열정을 가진 사람은 열정이 없는 사람에 비해서 더 유리하다. 이런 사람에게는 불쾌한 경험도 쓸모가 있다. 모험심이 강한 사람은 건강을 해칠 정도로 위험하지 않는 한도 내에서 난파, 폭동, 지진, 화재를 비롯해서 모든 종류의 불쾌한 경험들을 즐긴다. 이런 사람들은 지진을 만나면 "그래, 이게 바로 지진이란 거구나"라고 중얼거리고, 이 새로운 경험 덕분에 세계에 대한 지식이 늘어났다며 즐거워한다. 열정은 평범한 것도 있고, 특별한 것도 있으며, 대단히 특별한 것도 있을 수 있다.

보로(영국의 산문학자이자 여행가)의 소설『로마니 라이』의 주인공은 사랑하는 아내를 잃고 한동안 인생의 허무를 느낀다. 하지만 찻잔과 차 상자에 쓰인 한자에 관심을 가지게 된 그는 한문을 배울 목적으로 프랑스어를 배운 다음, 프랑스어로 된 한자 문법서의 도움을 받아가며 한자를 해독하게 되었다. 이렇게 해서 그는 인생의 새로운 흥밋거리를 갖게 되었지만, 한자에 대한 지식을 다른 목적을 위해서는 전혀 사용하지 않았다. 진정한 열정은 망각하기 위한 열정이 아니다. 진정한 열정은 불행한 환경에 의해서 파괴된 경우를 제외하면 인간의 타고난 본성의 하나다. 사람은 극단적인 좌절에 빠지지 않는 한 외부 세계에 대한 자연스러운 흥미를 유지할 것이며, 흥미를 유지하는 한은 자유가 부당하게 침해되는 경우를 제외한다면 인생은 즐거운 것이라고 생각할 것이다.

다) 사랑의 기쁨

사람들이 열정을 잃게 되는 주요 원인 중 하나는 자신이 사랑받지 못한다고 느끼는 데 있다. 어떤 사람이 사랑받지 못하고 있다고 느끼는 데는, 어느 누구도 자신을 사랑하지 않는 거라고 생각하는 것인지도 모르고, 어릴 적부터 다른 아이들보다 적은 사랑을 받는 데 길들여진 것인지도 모르고, 실제로 어느 누구에게도 사랑받지 못하는 사람일지도 모른다. 사랑받지 못한다는 느낌 때문에 사람은 여러 가지 태도를 취하는데, 사랑을 얻기 위해서 유달리 친절한 행동을 하는 데 필사적인 노력을 기울일 수도 있다. 하지만 이 방법으로는 성공을 거두기 어렵다.

인간의 본성은 사랑을 조르지 않는 사람에게 가장 쉽게 사랑을 베풀도록 되어 있기 때문이다. 자신이 사랑받지 못한다는 것을 알고 세상에 앙갚음을 하려는 사람도 있다. 이런 사람은 전쟁이나 혁명을 선동하고, 혹은 스위프트 집사(『걸리버 여행기』를 발표하고 나서 사람들을 화나게 만드는 것이 이 작품의 목적이라고 했다)처럼 독기 어린 붓을 휘두르기도 한다. 이런 행동은 불행에 대한 과장된 반응으로, 세계 전체와 맞서 싸울 수 있을 만큼 다부진 성격이 있어야 가능하다. 그러나 사랑받지 못하고 있다고 느끼는 대다수의 사람들은 소심한 절망에 빠져 가끔씩 질투와 적대감을 분출함으로써 이런 절망감을 누그러뜨릴 뿐이다.

사랑을 받지 못하면 불안감을 느끼게 되는데, 그는 본능적으로 불안감에서 벗어나기 위해서 자신의 삶을 철저하고 완전하게 지배하는 습관을 들인다. 자진해서 변함없는 일과의 노예가 되는 태도는 대개 냉담한 외부 세계에 대한 두려움과 이제까지 살아온 방식대로 살아가면 그런 세계와 부딪히지 않으리라는 믿음에서 비롯된 것이다. 안정감을 가지고 삶에 임하는 사람은 불안감을 가지고 삶에 임하는 사람에 비하면 훨씬 행복한 사람이다. 늘 그런 것은 아니지만, 대부분의 경우 안정감은 그 자체로도 안정감이 없었다면 굴복하고 말았을 위험에서 벗어나도록 도와준다. 사랑뿐만 아니라 존경심도 안정감을 주는 효과가 있다.
배우, 설교가, 연설가, 정치가 등 대중의 존경심을 얻어야 하는 직업을 가진 사람들은 날이 갈수록 박수갈채에 의존하게 된다. 이들이 많은 사람들에게 우호적인 평가를 받는 것은 다른 사람들이 소수의 사람들에게 집중적인 사랑을 받는 것과 같은 효과가 있다. 위대한 사랑이 어떤 것인지 정의하기란 쉽지 않다. 사랑에는 일종의 보호적 요소가 있기 때문이다. 사랑하는 사람이

겪는 상처에 무관심할 수는 없는 노릇이다. 하지만, 다른 사람에 대한 지나친 걱정은 자기 자신에 대한 지나친 걱정에 비해 크게 나을 것이 없다. 게다가 그것은 소유욕의 위장된 형태인 경우가 많다.

베푸는 사랑에는 두 가지 종류가 있는데, 그 중 하나는 삶의 열정을 드러내는 가장 중요한 표현으로서의 사랑이고, 다른 하나는 두려움을 드러내는 표현으로서의 사랑이다. 첫 번째 사랑은 어떤 사람이 안정감을 느끼고 있거나, 자신을 둘러싸고 있는 위험에 대해서 무관심한 경우에만 가능한 사랑으로 매우 바람직한 사랑이다. 하지만 두 번째 사랑은 불안감에서 비롯되는, 기껏해야 위안거리에 지나지 않는 사랑이다. 불안감으로 인한 사랑은 안정감으로 인한 사랑에 비해서 훨씬 주관적이고 자기중심적이다. 불안감을 느끼는 사람은 상대방을 본질적인 특성으로 평가하지 않고, 그 사람이 베푸는 봉사로 평가하기 때문이다. 그러나 현실적인 사랑은 모두 두 가지의 성격을 함께 가지고 있다. 가장 바람직한 사랑은 서로 생명력을 주고받는 사랑이다.

두 사람은 애쓰지 않고도 기쁨으로 사랑을 주고받으며, 둘 다 행복을 느끼기 때문에 결국 세상에 대해서도 더 큰 흥미를 느낀다. 하지만 흔하지는 않지만 다른 종류의 사랑도 있는데, 한 쪽이 다른 쪽이 베푸는 사랑을 받아들이기만 하고, 아무것도 되돌려주지 않는 사랑이다. 대단히 활력이 넘치는 사람들이 이러한 흡혈적 유형에 속한다. 그들은 희생자들로부터 차례차례 그 생명력을 빨아들인다. 이들은 다른 사람들을 자신의 목적을 실현하기 위한 수단으로만 여길 뿐, 결코 목적 그 자체로는 여기지 않는다. 두 사람이 서로에 대해 진정한 관심을 가지고 있는 사랑, 공동의 행복을 추구하는 결합체로 보는 사랑이야말로 진정한 행복에 이르는 아주 중요한 요소다.

라) 좋은 부모가 되려면

부모의 자녀에 대한 사랑, 그리고 자녀의 부모에 대한 사랑은 행복의 가장 큰 원천의 하나가 될 수 있다. 하지만 요즘 부모와 자녀의 관계는 대부분 양쪽 모두에게, 혹은 어느 한 쪽에게 불행의 원천이 되고 있다. 자녀들과 행복한 관계를 맺고 싶어 하거나, 자녀들에게 행복한 생활을 마련해주기를 바라는 어른은 부모다움에 대해서 진지하게 고민해야 하며, 고민을 한 후에는 현명하게 행동해야 한다. 특히 여성의 자녀 양육은 큰 문제다. 보모를 채용할 만한 여유가 없는 여성은 엄청난 양의 자질구레한 일들에 치이게 되고, 얼마 가지 않아 모든 매력을 잃고 지성의 4분의

3을 잃게 된다. 이 여성은 자녀를 위해서 자신이 치러야 했던 여러 가지 희생들이 마음에 남아 있어서 지나친 보상을 요구하게 되기 쉽다. 그리고 끊임없이 자질구레한 일에 신경을 쓰는 것이 몸에 배어 까다롭게 굴게 된다. 이 여성이 겪어야 하는 부당한 대접 중에서 가장 치명적인 것은, 가족들 옆에서 충실하게 의무를 수행한 대가로 가족의 사랑을 잃게 되는 것이다. 만일 이 여성이 가족을 소홀히 여기고 쾌활하고 매력적인 생활을 유지했다면 아마 가족들은 이 여성을 사랑했을 것이다.

　나는 부모의 사랑을 매우 높게 평가하지만, 어머니가 자녀를 위해서 손수 하는 일이 되도록 많아야 한다고 생각하지는 않는다. 전문적인 기술이 있는 여성은 어머니가 된 후에도 계속해서 그 기술을 마음껏 발휘할 수 있어야 한다. 그것이 그 여성 자신을 위해서도 사회를 위해서도 유익하다. 부모 노릇을 한다는 것은 인생의 중요한 일부분일 뿐인데, 그것을 인생의 전부로 여긴다면 만족을 얻기 어렵고, 또 만족하지 못하는 부모는 욕심 많은 부모가 되기 쉽다.

　자녀에 대한 부모의 사랑이 가진 특별한 가치는 다른 어떤 사랑보다도 믿을 만한 사랑이라는 데에 있다. 당신이 가진 장점이나 매력이 줄어들면, 친구와 애인은 모두 떠나갈 것이나 부모는 당신이 불행에 처했을 때에도 가장 큰 의지가 된다. 부모의 사랑은 성공의 길을 가고 있는 동안에는 그다지 중요하지 않을 수도 있지만, 실패의 낭떠러지로 떨어졌을 경우에는 다른 어떤 곳에서도 찾을 수 없는 위안과 안정감을 준다. 어떤 인간관계든지 어느 한 쪽이 행복을 얻기는 아주 쉬운 일이지만, 양쪽이 모두 행복해지기는 매우 어려운 일이다. 부모와 자녀의 관계도 마찬가지다. 부모와 자녀의 관계에서 양쪽 모두가 만족감을 얻으려면 상대방의 인격이 다치지 않도록 세심하게 배려하고 존중하는 마음가짐이 있어야 한다.

현대 사회가 목표로 하는 모든 인간관계에서의 평등을 이룩하기 위해서도 역시 이런 마음가짐이 요구된다. 그러나 보통의 부모들은, 소유욕이 많든지 적든지 간에, 그 욕심 때문에 잘못된 길로 빠져들기 마련이다. 이런 위험성을 잘 알기 때문에 현대의 부모들은 자녀를 다룰 때 지나치게 자신 없는 태도를 보이기도 한다. 부모가 신념과 자신감을 갖지 못하는 것은 자녀의 마음에 가장 큰 걱정거리가 되므로 지나치게 조심하는 것보다는 순수한 마음을 갖는 편이 더 낫다. 자녀에게 권력을 행사하는 것보다 자녀가 행복하게 살기를 바라는 부모라면, 그저 마음 가는 대로 따라가다 보면 올바른 길을 찾게 될 것이다. 이렇게 되면, 부모와 자녀의 관계는 한 결 같이 화목할 것이다. 자녀가 반발할 일도 없고, 부모가 실망할 일도 없을 것이다. 그러나 이렇게 되기 위해서는 부모가 처음부터 자녀의 인격을 존중하는 마음을 가져야 한다. 자녀의 인격을 존중하는 마음은 소유욕이나 억압이 결코 뿌리내리지 못할 만큼의 확고한 신념에서 비롯된 것이어야 한다. 물론 이러한 마음가짐은 자녀에 대해서뿐만 아니라, 결혼생활이나 친구관계에 있어서도 꼭 필요한 것이다.

마) 일하는 사람이 덜 불행하다

일이 지나치게 많은 경우만 아니라면, 대부분의 사람들은 상당히 재미없는 일이라도 하는 것이 빈둥거리는 것보다는 덜 괴롭다고 생각한다. 일에는 그저 권태를 덜어주는 일부터 가장 심오한 기쁨을 주는 일까지 다양하게 나눌 수 있다. 일이 가진 첫 번째 장점은 하루 종일 무엇을 할까 신경 쓸 필요 없이 하루의 대부분을 메워준다는 점이다. 할 일이 없는 부자들 중에는, 단조롭고 고된 일에서 벗어난 대신에 말할 수 없는 권태에 시달리는 사람들이 많다. 따라서 부자들 중에서도 영리한 사람들은 가난한 사람들처럼 열심히 일한다. 그러므로 권태의 예방책으로 가장 적절하고, 바람직한 것은 일이다. 일은 이것 말고도 다른 장점도 가지고 있는데, 그것은 바로 일이 있기 때문에 다가오는 휴

일이 훨씬 더 달콤해진다는 것이다.

그리고 자신의 야망을 지속시키는 것은 최종적인 행복에 도달할 수 있게 해주는 본질적인 요소 중 하나인데, 대부분의 사람들은 대개 일을 통해서만 야망을 지속시킬 수 있다. 이렇듯 대부분의 일은 시간을 보낼 수 있고, 별 볼일 없는 야망이나마 배출할 수 있는 통로를 제공한다는 점에서 만족감을 준다. 이런 만족감이 있기 때문에 지루한 일이나마 할 일이 있는 사람은 아무 일도 하지 않는 사람에 비해서 대체적으로 더 큰 행복을 누릴 수 있다. 이런 점에서 볼 때, 가사에 전념하는 여성들은 남성들이나, 가정 밖에서 일하는 여성들보다 훨씬 불행한 사람들이다. 가정에 묶인 아내는 임금을 받지도 못하고, 자기 자신을 향상시킬 수 있는 방법도 전혀 없다.

일을 재미있게 만드는 주요 요소로는 두 가지가 있는데, 그 중하나는 기술의 발휘이다. 남다른 기술을 익힌 사람들은 누구나자기가 가진 기술을 발휘하는 데서 기쁨을 느낀다. 또 하나는 건설이라는 것인데, 이것은 기술의 발휘보다 훨씬 중요한 행복의원천이다. 건설적 업무에서 성공을 거둔 끝에 느끼는 만족감은우리가 살아가면서 얻을 수 있는 가장 큰 만족감 중의 하나다. 중요한 일을 성취한 사람에게서 행복을 앗아갈 수 있는 유일한 방법은 그가 한 일이 형편없는 것이라는 증거를 제시하는 것뿐이다. 건설을 통해 구체적인 만족감을 누리는 사람들 중에서 가장 두드러진 예는 예술가와 과학자다. 셰익스피어는 자신의 시를 놓고 이렇게 말했다.

"인간들의 허파가 호흡을 멈추지 않는 한, 인간들의 눈이 시력을 잃지 않는 한, 이 시는 영원히 살아 있으리라."

그는 불행할 때 이런 생각을 하면서 위안을 얻었던 것이 틀림없다. 모든 일이 다 그렇듯이, 건설적인 일을 하면서 만족을 얻는 특권은 소수의 사람들만 누리고 있는 것 같다. 그렇지만 그 특권을 누릴 수 있는 사람들의 수는 훨씬 늘어날 수 있다. 맡은 일을 주도적으로 하는 사람, 그리고 자기가 맡은 일이 쓸모가 있을 뿐 아니라 상당한 기술을 필요로 하는 일이라고 생각하는 사람이라면 누구나 이런 만족을 느낄 수 있다.

바) 노력과 체념 사이

이 세상은 피할 수 있는 불행, 피할 수 없는 불행, 병, 정신적 갈등, 투쟁, 가난, 그리고 악의로 가득 차 있다. 이런 세상에서 행복하게 살기를 원하는 사람은 개개인을 둘러싸고 있는 엄청나게 많은 불행의 원인들을 다룰 수 있는 방법을 찾아내야 한다. 그래서 대부분의 사람들에게 행복은 신이 베푸는 선물이 아니라 어렵게 쟁취해야만 하는 대상이고, 행복을 쟁취하기 위해서는 내적으로나 외적으로 엄청난 노력을 해야 한다. 일을 해서 생활비를 벌어야 하는 사람들의 경우에, 외적인 노력의 필요성은 너무나 분명하기 때문에 굳이 역설할 필요가 없으나 내적인 노력에는 어쩔 수 없이 체념을 해야 하는 경우가 포함될 수도 있다. 체념 역시 행복을 쟁취하는 데 일정한 역할을 담당하고 있으며, 체념이 담당하는 역할은 노력이 담당하는 역할에 못지않게 중요하다. 갑자기 비가 오는 것을 가지고 안달복달해봐야 아무 소용이 없다. 사소한 문제에다가 퍼붓는 정력을 좀 더 현명하게 사용한다면, 제국을 세우고 다시 무너뜨릴 수도 있을 것이다. 걱정과 안달, 짜증은 자신에게 어떤 도움도 줄 수 없는 감정들이다. 근본적인 체념에 도달하지 않는 한, 이들은 결코 이러한 감정을 극복할 수 없다.

어떤 종류의 체념은 자신의 진실한 모습을 직시하는 용기와 관련되어 있다. 이런 종류의 체념은 비록 처음에는 고통스러울지 모르지만, 마지막에 가서는 자신을 기만하는 사람이 흔히 빠져들기 쉬운 절망과 환멸로부터 이 사람을 보호해 준다. 현명한 사람은 막을 수 있는 불행을 감수하지도 않겠지만, 피할 수 없는 불행을 만나도 결코 시간과 감정을 낭비하지 않을 것이며, 피할 수 있는 불행이긴 하지만 그렇게 하기 위해서 들여야 하는 시간이나 노력이 보다 중요한 목적을 추구하는 데 방해가 된다면 그 불행을 감수할 것이다. 마음의 평화를 끊임없이 갉아먹게 놓아두는 것은 현명하지 못한 일이다. 일을 할 때 필요한 태도는, 최선을 다하면서 그 결과는 운명에 맡기는 태도다.

사) 나는 행복한 존재다

누구나 알고 있듯이, 행복은 부분적으로는 외부적 환경에, 부분적으로는 자기 자신에게 달려 있다. 우리는 이 부분에만 한정해서 본다면 행복의 비결은 매우 간단하다는 견해에 도달했다. 즉, 대부분의 사람들이 행복을 누리기 위해서는 반드시 필요한 것들이 있는데 양식, 주택, 건강, 사랑, 훌륭한 직업과 자신이 속한 사회의 존경 같은 단순한 것들이다. 그리고 외부적 환경이 불행하지 않은 경우라면, 열정과 관심을 자기 내부가 아니라 바깥세계에 쏟는 것만으로도 누구나 행복을 성취할 수 있다. 그러므로 우리는 교육을 통해서, 그리고 자신을 세계에 적응시키기 위한 여러 가지 시도들을 통해서 감정적으로 자신에게 몰입하는 것을 피하고, 늘 자신에게만 집중하는 것을 막을 수 있도록 애정의 대상과 관심거리를 찾기 위해 노력해야 한다. 행복한 사람은 자유로운 애정과 폭넓은 관심을 가지고 객관적으로 살아가는 사람이다. 그는 이런 애정과 관심을 통해서, 또한 이런 애정과 관심을 베풀면 자신도 다른 많은 사람들의 애정과 관심의 대상이 된다는 사실을 통해서 자신의 행복을 확고히 한다.

행복한 사람은 자신이 우주를 구성하고 있는 한 성원임을 자각하고, 우주가 베푸는 아름다운 광경과 기쁨을 누린다. 행복한 사람은 자신의 뒤를 이어 태어나는 사람들과 동떨어진 존재가 아니라고 생각하기 때문에 죽음을 생각할 때도 괴로워하지 않는다. 마음속 깊은 곳의 본능을 좇아서 강물처럼 흘러가는 삶에 충분히 몸을 맡길 때, 우리는 가장 큰 행복을 발견할 수 있다.

행복을 좌우하는 다섯 가지 테마

미국 갤럽의 연구로 밝혀진 행복 다섯 가지 테마를 소개한다.

-첫 번째, 자신에게 주어진 시간을 어떻게 채워나가고 있는지, 내가 매일 하고 있는 일을 얼마나 즐기고 좋아하는지에 관한 것이다.

이것이 직업적 웰빙(Career Wellbeing)이다.

-두 번째, 강력하고도 끈끈한 인간관계에 관한 것으로 사랑하는 이들이 우리 곁에 있는 지와 관련 있는 것이다.

이것은 사회적 웰빙(Social Wellbeing)이다.

-세 번째, 재정상태를 효과적으로 관리하는 것에 관한 것으로서 이를 경제적 웰빙(Financial Wellbeing)이라고 부를 수 있다.

-네 번째, 훌륭한 건강상태와 일상적 일들을 제대로 수행하도록 해주는 충분한 에너지를 갖고 있는가와 관계가 있다. 즉 육체적 웰빙(Physical Wellbeing)이다.

-다섯 번째, 현재 살고 있는 지역에 대한 참여의식, 봉사활동 등에 관한 것으로서 커뮤니티 웰빙(Community Wellbeing)이다.